文學流域

神探作文

讓作文變有趣的六章策略

林黛嫚　許榮哲／著

三民書局

國家圖書館出版品預行編目資料

神探作文：讓作文變有趣的六章策略／林黛嫚,許榮哲著.——初版八刷.——臺北市：三民，2021
面；　公分.——（文學流域）

ISBN 978-957-14-4730-8（平裝）
1. 中國語言－作文 2. 寫作法

802.7　　96003251

文學流域

神探作文——讓作文變有趣的六章策略

作　者	林黛嫚　許榮哲
總策劃	林黛嫚
繪　者	劉俊良
發行人	劉振強
出版者	三民書局股份有限公司
地　址	臺北市復興北路 386 號 (復北門市) 臺北市重慶南路一段 61 號 (重南門市)
電　話	(02)25006600
網　址	三民網路書店 https://www.sanmin.com.tw
出版日期	初版一刷 2007 年 4 月 初版八刷 2021 年 5 月
書籍編號	S833950
I S B N	978-957-14-4730-8

三民書局

開場白

如果把「作文」擬人化，此刻，他一定沒想到自己會變得這麼重要，小學有「提早寫作」，國中升高中要考作文，高中升大學也要考作文，到了大學裡，因為現代文學當道，欣賞閱讀現代文學之餘，也要習作一番，所以有許多「現代詩及習作」、「現代散文及習作」、「現代小說及習作」等課程，市面上社會性的寫作班也不少，一時間，彷彿全民寫作時代來臨，所以這個「作文」也就從市井小民搖身一變成為大人物了。

作文教學，可以很容易，上課時在黑板上寫下一個題目，讓同學們寫，一堂課、兩堂課，寫不完帶回家繼續寫，完成後交上來，老師批改，打一個等第，寫幾句評語，從國中、高中到大學，悟性高的學生或許會從年深日久的練習中找到自己的創作方式，幾千、幾萬個學生中說不定會出現一個作家，許多文學家不都是這樣形成的？

作文教學，也可以是複雜的工程，從用字、遣詞、句法、段落開始教，教到主題、取材、構思、布局等，一方面練習寫作，一方面欣賞、閱讀、分析名家作品，據以充實創作內涵、提升藝術品味，經年累月下來，如此的寫作私塾班或許可以培養出文壇寫手或是文學教授，只是在這個並不重視人文內涵、一切只講究速成的現代社會中，這項工程過於理想化。

作文是一個創造的藝術，只給一個題目，我們就要將人、事、情、意、景、物結合，完成以後會讓閱讀者產生共鳴、感通，進而使你的個人感受變成社會大眾的共同經驗。說起來容易，做起來才發現有多麼困難。多少國中生、高中生在基測、學測作文中拿低分甚至抱鴨蛋，就是因為作文必須有廣泛閱讀做基礎，若沒有正確的學習方法，再多的練習也可能徒勞無功。尤其在寫作和考試劃上等號後，作文教學漸漸往制式、八股的訓練方法發展，即使讓青年學子在大考中得高分，卻不能保證他們已經掌握了寫作的藝術。

在這本書中，我們揚棄了傳統作文教學的條目，以一個具趣味性、可讀性高、藝術設計高明的故事，把寫作的技巧精密地鑲嵌進故事中，讓讀者一方面閱讀一篇故事性強的小說，一方面體味我們要告訴你的作文方法。

本書的第一部分：「福爾摩斯探案」擬寫了一個故事，故事裡的人物告訴我們：「作文是最接近偵探的一種行業。因為不管凶手是誰，我們都要摸清楚他的底細 (What)、找到可能的犯案動機 (Why)，還原整個犯罪過程 (How)，最後反覆問自己『如果凶手不是這個人』，那麼還有其他可能嗎 (else)？其中，What、Why、How、else 推理的四大步驟正是作文裡面用來分段的最好方法。」事實上，作文裡面包含了很多推理的成分，用推理的方式學習作文，會讓你發現寫作並不難，而且很有趣。

第二部分：「名作賞析」則是以一些名家的作品為範本進行賞閱與分析，一方面提供優美的作品讓讀者閱讀，一方面透過分析各篇作品的寫作特色，供讀者參考，整體看來，也是為讀者歸納各種寫作題材，以作為充實初學習作者的創作內涵。

「拿起筆來你就是作家」、「天生我才必有用」？你看到、聽到、想到、感受到的生活，就是你寫作的重要素材喔，讓我們和福爾摩斯一起走一趟推理之旅吧。

神探作文

讓作文變有趣的六章策略

CONTENTS

開場白

【福爾摩斯探案】

前言：福爾摩斯連環問 1

Chapter 1：巴斯克維爾獵犬 7

Chapter 2：鸚鵡凶殺事件 29

Chapter 3：七宗不可思議的罪 43
Chapter 4：天生我才必有用 67
Chapter 5：德文郡的人體經絡圖 91
Chapter 6：無邊無際的謎團 109

【作文教室】

Lesson 1：文章的四大段落 24
Lesson 2：七何法 38
Lesson 3：開頭的七種方法 62
Lesson 4：結尾的六種方法 83

Lesson 5：加油添醋三部曲 106
Lesson 6：繪聲繪影六法門 128

【名作賞析】
前言 132
拾穗的日子／王鼎鈞 134
遺物／吳晟 140
到林先生家作客／隱地 147
小王子／周芬伶 152
給孔子的一封信／簡媜 159

志願／林黛嫚 165
請進，九谷燒見學中／黃雅歆 169
相思炭／王盛弘 175
土牛國小停電記／史玉琪 180
嗚哩嗚哩哇／康芸薇 185
被一隻狗撿到／劉靜娟 192

前言：福爾摩斯連環問

讓我們先來玩個小小的推理遊戲！

不管你對福爾摩斯了解多少，都可以在底下的題目中找到你要的答案。例如：第一題的答案就藏在第二題的題目裡。全部作答完畢，你就知道誰是福爾摩斯，以及他和這本作文書有什麼關係了。

1 請問世界上真的有福爾摩斯這號人物嗎？

A. 有。他是英國足球明星貝克漢的曾祖父

B. 沒有。他是小說人物

2 請問創造出福爾摩斯這位神探的作家是誰？

A. 阿嘉莎・克莉絲蒂

B. 亞瑟・柯南・道爾

3 請問作家柯南．道爾筆下的福爾摩斯長什麼樣子？

A. 銳利的眼神，鷹勾鼻，身材削瘦，嘴含煙斗，頭戴小帽，身披風衣，手持放大鏡，拄著一把手杖

B. 活潑好動，喜歡推理，觀察力敏銳的高中生，在某次追查歹徒行蹤時，被強迫吃下毒藥，以至於身體縮小成國小學生的模樣

4 福爾摩斯眼神銳利，老是咬著煙斗，一副很厲害的樣子，但他究竟厲害在哪裡？

A. 上上下下打量你幾眼，就能說出你從何處來、你的職業、家庭狀況，甚至心中煩惱的事

B. 千萬別被騙了，福爾摩斯最厲害的其實是「刑求逼供」

5 據說福爾摩斯一眼就可以看穿別人從何處來，那他自己又是從何處來的？住在哪裡？

A. 英國倫敦貝克街221號B座

B. 居無定所

7 參觀過福爾摩斯的故居之後，請描述一下它長什麼樣子？

A. 你是來亂的嗎？到底有沒有在聽啊，沒有這個地方啦

B. 福爾摩斯紀念館就位於英國倫敦貝克街221號B座，紀念館完全仿照小說裡描寫的場景來佈置，除了有舊煙斗、獵鹿帽、散落的實驗儀器之外，還有只剩下兩根弦的小提琴，黑斑點點的書桌等等

6 請問我可以去參觀福爾摩斯位於英國倫敦的故居嗎？

A. 當然不可以，現實世界裡根本沒有這個地方

B. 當然可以。無論何時造訪，都會有傭人幫你開門，然後說：「歡迎光臨。很不湊巧，福爾摩斯先生剛好外出。請先上樓喝杯咖啡吧！」

8 大家都知道福爾摩斯有一位好友叫華生醫生，但不知道福爾摩斯有沒有其他家人？

A. 完全沒有。因為福爾摩斯和孫悟空一樣，都是從石頭裡蹦出來的

B. 福爾摩斯的爸爸是一名鄉紳，奶奶是法國畫家賀拉斯・凡爾奈的妹妹，哥哥是英國政府的重要智囊。其餘不詳

9 原來福爾摩斯的舅公是位畫家啊！對了，請問一下，《神探作文》裡的福爾摩斯和柯南・道爾筆下的福爾摩斯有什麼不一樣嗎？

A. 兩者毫不相干

B. 基本上一樣，不過為了劇情需要，有一些地方竄改過了

【送分題】我懂了，原來兩位福爾摩斯既相同又不完全相同，只是我很好奇《神探作文》這本書裡哪些是真的，哪些是假的？例如，真的有「巴斯克維爾獵犬」這個神奇的案件嗎？

答：沒錯，真的有「巴斯克維爾獵犬」這個案件！至於小說裡哪些是真的，哪些是假的，這就要靠讀者您自己來判斷了。因為這也是推理考題的一部分喔！

【正確解答】

(1)B (2)B (3)A (4)A (5)A

(6)B (7)B (8)B (9)B

CHAPTER 1 巴斯克維爾獵犬

連續坐了十六個小時的火車後，福爾摩斯終於抵達了德文郡。

表面上，他接受當地警長的邀請，來這兒辦一件奇案——他一點也不在意警長口中的案子如何古怪，他在意的是十三年前他親手埋下的祕密。

十三年前，福爾摩斯第一次到德文郡辦案。

案子裡的每一個細節，他至今都還記得清清楚楚，因為這件案子實在太特殊了，殺人凶手居然是一隻流傳了好幾百年的「魔犬」。

一般人稱這件謀殺案為「巴斯克維爾獵犬」事件，或者「幽靈犬」事件。

同一年，他在德文郡邂逅了一個十八歲的天真少女。

福爾摩斯破了「巴斯克維爾獵犬」這件轟動德文郡的謀殺案後，十八歲少女和她的同學透過一個公開的推理競賽，幸運地從數百位高中生裡面脫穎而出，取得了訪問福爾摩斯的機會。

十八歲少女的名字叫伊莎貝拉。

伊莎貝拉和她的同學珍是高中推理社的成員，她們社團的名字叫「你從阿富汗來」。

這個古怪的名字不是亂取的，據說當年還是個無名小卒的福爾摩斯第一次推理，就是僅靠握個手便判斷出對方（華生）來自阿富汗，於是這句話後來成了推理界最經典的名言。

珍的個性靦腆，一看到人就臉紅，話一出口，臉更紅。所以整個採訪過程都是由伊莎貝拉問話，珍記錄。

「大家都謠傳你只花了一秒鐘就推理出華生來自阿富汗，這是真的嗎？」伊莎貝拉一副很認真的表情。

福爾摩斯笑了笑，說：「大家都這麼說，沒錯。」

伊莎貝拉：「你的這句話有問題！」

福爾摩斯：「什麼問題？」

伊莎貝拉：「『大家都這麼說』是一句沒有意義的話，『沒錯』才是我想知道的事實真相，但現在你把這兩句話擺在一塊兒，那麼它代表的是前者，還是後者？」

福爾摩斯：「哈哈哈，妳很有趣。」

伊莎貝拉：「這句話不準確，但沒有問題。」

福爾摩斯：「不然，妳來說說我是如何判斷出來的。」

伊莎貝拉：「我不知道你是如何判斷出來的，我只知道大家都說你是這樣判斷出來的——」

伊莎貝拉咬著筆當煙斗，背靠在椅子上，兩手指尖頂著指尖，閉上眼睛，一副氣定神閒的樣子，模仿福爾摩斯說話：

這位先生從事醫學，卻有軍人的氣息，顯然是位軍醫。他的臉色黝黑，但手腕卻相當白皙，這代表黝黑不是天生的，所以我認為他剛從某個熱帶地方回來。此外，他那憔悴的臉龐說明了他經歷過困頓和疾病。還有，他的左臂僵硬且不自然，明顯受過傷。一位英國軍醫會在哪個熱帶地方，遭遇困頓，染上疾病，甚至還因此傷了手臂呢？真相永遠只有一個，那就是「他來自阿富汗」。

福爾摩斯之所以如此推斷，是因為當時阿富汗正發生戰爭。

看了伊莎貝拉生動的演出，福爾摩斯和珍都忍不住哈哈大笑。

伊莎貝拉放下假煙斗，恢復追根究底的神情：「我只是在想有沒有可能你是『觀察』出來的，而不是『推理』出來的。」

福爾摩斯：「差別在哪裡？」

伊莎貝拉：「差別可大了！如果你是在握手的過程中，不小心『瞄到』華生醫生衣服上的徽章，上面有阿富汗的符號；又或者你根本是意外『聽到』華生醫生和他人的對話，於是從對話中得知他的身分。」

福爾摩斯：「妳的推理很有趣，請繼續。」

伊莎貝拉：「但為了誇大你的推理能力，於是你刻意把眼睛、耳朵的功勞都歸給大腦。因為人們認為推理比觀察更能顯出一名神探的能耐。」

「嗯，妳的懷疑非常合理。」

「那……我能得到一個獎賞嗎？」

「獎賞？妳說說看。」

「既然你說我的懷疑非常合理，那我想知道事實的真相。」

「事實的真相啊……」福爾摩斯吐了一口煙圈之後，突然岔開話題。「對了，推理競賽時，妳們為什麼會寫出那麼特別的答案？」

伊莎貝拉和珍相視而笑。

推理競賽的考題是福爾摩斯親自出的——如果你現在要去偵辦一件棘手的案件，那麼你最希望帶什麼東西一起去？

大部分的人都回答「頭腦」，一部分的人回答「手槍」，少部分的人回答「勇氣」，其他的答案還包括了推理大全、求生手冊、斧頭、手銬、錢……，其中居然還有人回答「福爾摩斯」。

這之中最引起福爾摩斯注意的就是伊莎貝拉和珍的答案——「四個疑問：What、Why、How、else」

伊莎貝拉告訴福爾摩斯，這四個疑問其實是上作文課時，老師教的「如何將文章分成四大段落」的方法。但她和珍卻一致覺得這根本就是「推理的四個簡單步驟」。

珍從書包裡拿出一本作文簿，翻到其中一頁，秀給福爾摩斯看。

◎文章的四大段落（※詳見後文「作文教室」）
第一段：What（是什麼）
第二段：Why（為什麼）
第三段：How（如何做）
第四段：else（反之如何）

伊莎貝拉在一旁解釋：「不管凶手是誰，我們都要摸清楚他的底細(What)，找到可能的犯案動機(Why)，還原整個犯罪過程(How)，最後反覆問自己『如果凶手不是這個人』，那麼還有其他可能嗎(else)?」

看了作文簿，又聽了伊莎貝拉的講解，福爾摩斯這才恍然明白：「原來如此，想不到作文裡面居然包含了推理的成分啊！」

一個半小時後——

伊莎貝拉：「差不多了，現在應該正式進入主題了。」

珍一聽到「主題」兩個字，臉色突然一變，隨即顫抖地說：「我……」

福爾摩斯一看就知道是怎麼一回事，他吐了一口煙圈，說：「今天的主題是巴斯克維爾獵犬吧！」

伊莎貝拉：「沒錯，『巴斯克維爾獵犬』凶殺案才是我們這次採訪的主要目的，但是因為珍不敢聽有關流血的事件，所以……」

福爾摩斯：「我懂。凶殺案的確不適合像妳們這個年齡的女孩子聽，更何況『巴斯克維爾獵犬』不是一般的凶殺案，就算是成年男子也未必受得了。」

伊莎貝拉：「那……我先送珍回去，再繼續採訪。」

福爾摩斯點點頭，向這個既膽小又害羞的女孩說再見。

送走珍之後，伊莎貝拉回到剛才的話題。

伊莎貝拉刻意板起臉：「福爾摩斯先生，你剛才說『凶殺案不適合我們這個年齡的女孩子』，這句話聽起來好像不怎麼禮貌喔。」

事實上，伊莎貝拉並不在意福爾摩斯這麼說，她只是故意挺直脊梁，好讓自己看起來不那麼渺小，否則她真不知道該如何和她的偶像，一個偉大的巨人——福爾摩斯說話。

福爾摩斯一愣，繼而收起笑容，起身行個禮：「在一位勇敢的女士面前說這樣的話，的確不禮貌，我道歉。」

伊莎貝拉聽了，臉一紅，她萬萬沒想到鼎鼎大名的福爾摩斯居然會為了這種小事向她道歉。

福爾摩斯：「不過基於『誠實』的原則，我還是必須不禮貌地再提醒一次，『巴斯克維爾獵犬』真的不是一般的凶殺案，如果妳不怕魔鬼似的，全身冒著熊熊烈火，體型比獅子老虎還大的黑色獵犬的話，那麼我們就開始吧！」

伊莎貝拉：「如果是獅子、老虎，我可能還有些怕，至於什麼『魔鬼似的、全身冒著火』，那不過是誇大的形容詞。形容詞有什麼好怕的？」

「果真是一位勇敢的女士！我懂了。」福爾摩斯笑了笑，咬著煙斗，開始說起巴斯克維爾獵犬的傳說。

* * * *

數百年前，巴斯克維爾莊園出了一個大壞蛋，名叫雨果，他的個性狂妄自大、凶狠殘暴。有一次，因為垂涎莊園附近某位少女的姿色，於是趁少女的父兄出門時，和幾個流氓朋友把少女擄回家，關在莊園的小閣樓裡。之後，雨果便和他的朋友在樓下飲酒作樂，直到深夜才帶著濃濃的酒意，不懷好意地爬上閣樓。

沒想到，門一打開，雨果發現少女早就沿著窗口的藤蔓爬了下去，逃回家了。少女的家距離莊園大約有九英里，中途得經過一處沼澤。這時，惱羞成怒的雨果立刻騎著快馬，帶著一群齜牙咧嘴的獵犬去追少女。

隨後，雨果的酒肉朋友也騎著馬跟了上去。當他們來到沼澤的時候，卻赫然發現少女已經死了（死於巨大的驚恐和疲憊），雨果也死了，屍體就在少女附近。然而真正令人毛骨悚然、魂飛魄散的，不是少女和雨果的屍體，而是沼澤裡有一隻大得嚇人，全身冒著熊熊烈火，魔鬼似的黑色獵犬正張著血盆大口，撕咬雨果的喉嚨。看見這一幕的三個人，一個當場嚇死，另外兩個成了瘋子。

從此以後，再也沒有人敢在夜裡穿過沼澤。但惡靈的種子已經種下了，這個遭到詛咒的家族每隔一段時間，就會有人死於不可思議的意外，據說每個死者都親眼目睹了那隻傳說中的幽靈犬。

伊莎貝拉：「很有趣的傳說，再然後呢？」

福爾摩斯：「有趣？哈哈，妳果然與眾不同。再然後就是最近這幾個月的事了，巴斯克維爾家族又有人死於傳說中的幽靈犬，於是我接手了這個棘手的案件……」

伊莎貝拉：「我想……你最後一定證明了傳說中的幽靈犬是無辜的吧！」

福爾摩斯：「妳很聰明，不管再怎麼離奇或不可思議的案件，都一定有一個符合邏輯的發生程序。而……」

伊莎貝拉：「而傳說中的幽靈犬居然重出江湖，沒頭沒腦地跑出來亂殺人，這完全不符合邏輯程序。」

福爾摩斯點點頭，臉上帶著稱許的笑意。

伊莎貝拉害羞地低下頭，看著筆記本上事先擬好的問題，假裝沒看見福爾摩斯這個稱許的表情。

伊莎貝拉：「對了，福爾摩斯先生，在你的心中有沒有永遠破不了的奇案？」

福爾摩斯拿下煙斗，吐了一口煙圈：「當然有！」

伊莎貝拉驚呼：「不會吧！來的路上，我和珍還在討論這個問題會不會太……，沒想到你居然……」

福爾摩斯：「哈，別被那些八卦小報騙了，我不是神，我只不過比一般人更喜歡動一點腦筋罷了。」

伊莎貝拉好奇：「快，快告訴我，那是什麼樣的怪案子？」

福爾摩斯：「就像……『巴斯克維爾獵犬』就是我沒辦法破的案子。」

伊莎貝拉一臉疑惑：「等等，這是什麼意思？這個案件不是已經破了嗎？」

福爾摩斯：「它永遠破不了了。」

伊莎貝拉越聽越迷糊：「什麼意思啊，我完全搞混了。」

福爾摩斯會過意來：「對不起，我指的是數百年前那隻傳說中的幽靈犬，由於牠已經不可能再犯案了，沒有犯案就沒有罪證，所以在條件不足的情況下，再厲害的偵探也無能為力。」

伊莎貝拉：「原來是這樣啊！」

福爾摩斯嘆了一口氣：「沒錯，對一個偵探而言，無邊無際的謎團將是最大的折磨。」

伊莎貝拉點點頭，在筆記本寫下：「不再犯案、條件不足、永遠破不了的懸案、無邊無際的謎團、最大的折磨。」然後跟著嘆了一口大氣：「唉呀呀！」

「怎麼啦？」福爾摩斯不解。

伊莎貝拉刻意模仿福爾摩斯辦案的語氣，但臉上卻掩不住俏皮的神情：「這位先生，從你長達三秒鐘的嘆息聲判斷，我猜『你不是從阿富汗來的，而是從自大國來的』。因為如果可能的話，你應該很想回到數百年前的古老莊園，和傳說中的那隻幽靈犬一較長短。」

福爾摩斯不以為意，反而開懷大笑：「哈哈哈，真希望我有那樣的機會，到時候歡迎美麗又勇敢的女士和我一起去。」

福爾摩斯和伊莎貝拉兩個人一搭一唱默契十足，簡直就像合作無間的最佳拍檔。

夜裡，溫暖的火爐旁，幽靈犬的傳說並沒有帶來任何恐怖的氛圍，反而為這兩個邏輯的同路人催化了一種忘年的、超乎友誼的、不可思議的情感。

伊莎貝拉：「就像你常說的，千萬別把『不可能』與『不太可能』混為一談。幽靈犬屬於『不可能』發生的事。」

福爾摩斯出神地盯著眼前的十八歲少女，突然說：「妳有一種不可思議的能力。」

伊莎貝拉：「不可思議？你是指……我的觀察能力嗎？」

福爾摩斯搖搖頭：「比那更不可思議。」

伊莎貝拉：「推理能力？」

福爾摩斯還是搖搖頭：「比那更不可思議。」

這時，伊莎貝拉突然抬起頭，倏地湊上前去，吻了福爾摩斯的臉頰。

伊莎貝拉：「我知道了，是讓你不自覺地喜歡上我的能力。」

突如其來的一吻讓福爾摩斯僵在原地，不知所措，這比他辦過的所有案件都還要棘手。

伊莎貝拉：「幽靈犬屬於『不可能』發生的事，而『你愛上我』則屬於『不太可能』發生的事。不可能的事永遠不會發生，至於不太可能的事……眼前就發生了一件。」

福爾摩斯完全被眼前的女孩征服了，在不可能的幽靈犬見證下，他們發生了親密關係。

＊　＊　＊　＊　＊

伊莎貝拉裸著身子，靠在福爾摩斯的臂彎，嬌羞地問：「你知道一個人有幾張臉嗎？」

福爾摩斯：「三張。真實的我，別人眼中的我，自己心中的我。」

伊莎貝拉搖搖頭：「一個人只有一張臉，不過如果我們成了戀人，那麼你就會變成六張臉。」

福爾摩斯笑了笑：「這好像不太符合邏輯喔。」

伊莎貝拉一臉夢幻：「因為愛，我的眼、耳、鼻、舌、身、心全都打開了。我不只看見你，我還聽見你睡夢中的鼻息，聞見你指尖、髮梢的雄性味道，嚐到你唇角的甜言蜜語，觸摸到你的每一吋肌膚，思念你從今而後的每一天每一夜。」

福爾摩斯笑了笑：「照妳這麼說，倒是滿符合邏輯的。不如這樣，一個星期後，我們一起去看大海的六張臉。」

一個星期後，獨自一人的海邊，伊莎貝拉愣愣地望著潮來潮往的大海。

福爾摩斯失約了，伊莎貝拉眼中的大海只有一張寂寞的臉孔。

當時，福爾摩斯以為那只是一場美麗的邂逅，隨著案子結束，離開德文郡，和十八歲少女的邂逅就會成為美麗的回憶之一，然後等著某一天被其他更美麗的回憶淹沒。但事情後來的發展，超乎他的想像。

＊　＊　＊　＊　＊

九個月後，住在倫敦貝克街的福爾摩斯收到一封來自德文郡的信，是那位十八歲的不可思議少女——伊莎貝拉。

伊莎貝拉說，她不知道應不應該寫這封信，但她認為福爾摩斯有權利知道她正要告訴他的這件事。少女說，福爾摩斯離開德文郡三個月後，她發現自己懷孕了。少女說她一點也不感到驚慌，反而非常的喜悅，福爾摩斯是她的偶像，如今自己居然懷了偶像的孩子，那真是不可思議的事。

伊莎貝拉說，她知道福爾摩斯不是一般人，而且早有妻室了（注：柯南．道爾筆下的福爾摩斯並無妻室）。所以當父親逼問肚子裡孩子的父親是誰時，她只好隨口說出一個混混的名字，隨後她就被趕出家門了。雖然對於未來，伊莎貝拉有些茫然，但她相信心中的喜悅，足以支撐她渡過未來的每一天。

最後，伊莎貝拉請福爾摩斯不用擔心，她絕對不會以此來要脅他，她只是單純地想分享她的喜悅罷了。最後，少女在信的最後一行，署名「時間開始倒數了，我們的寶貝。by 伊莎貝拉」。

看完少女的來信，福爾摩斯完全不知所措，他不知道該怎麼處理這件事，他喜歡的是少女的聰明、熱情，以及舉手投足之間的青春，但那絕不是愛。

是的，那應該不是愛！福爾摩斯猶豫了一下，不自覺地用了「應該」這個詞。對一個紀律嚴謹的偵探而言，耶穌告誡弟子的話在他們身上同樣適用：「你們只要對『是』的事回答『是』，對『不是』的事回答『不是』即可，其他多餘的話，都出自於『惡』念。」

福爾摩斯的猶豫，透露了連他自己也沒察覺到的惡念。

最後，福爾摩斯只能選擇相信少女的話：她並不想以此要脅福爾摩斯。

三個月後，福爾摩斯收到伊莎貝拉的第二封信，信中溢滿初為人母的喜悅。少女說當孩子從她的肚子裡出來的那一剎，別人是痛得昏厥過去，但她卻是高興到哭泣抽搐。少女說每當她抱起孩子的時候，就強烈感覺到福爾摩斯溫暖的臂彎……

最後，少女在信末署名「二個月大了，我們的寶貝。by 伊莎貝拉」。

此後每個月，福爾摩斯都會收到一封少女的來信。

為了避免每個月一封的「異地家書」落在倫敦正牌妻子的手上，福爾摩斯求助一家信得過的徵信社，最後徵信社為他想出了一個辦法。

徵信社每個月派人到福爾摩斯家附近的郵局攔截少女的來信，然後用盡各種方法，避開各種可能的危險，把信親手交給福爾摩斯。

就這樣，十三年過去了，沒有任何例外，每個月一封，總共一百五十多封。

當年十八歲的少女現在已經三十一歲了，但他心中的少女依舊是少女。

最近的一封信，三十一歲的少女在信末署名「十二歲又十一個月了，我們的寶貝。by 伊莎貝拉」。

德文郡的祕密，福爾摩斯的孩子已經從「時間開始倒數了」長成「十二歲又十一個月了」。

每次看到伊莎貝拉的署名，福爾摩斯的心就會不自覺地揪一下。唉，德文郡的祕密又長大了一些。他相信總有一天，祕密一定會從信裡自己掙脫出來，然後將他活活吞噬掉。

只是這一天還沒到來，祕密就突然消失了。

福爾摩斯已經連續三個月沒有收到少女的來信了。

伊莎貝拉他們母子會不會發生什麼意外了？有時，福爾摩斯會胡思亂想，是不是自己記錯日期了，他拿出最後一封信的日期核對，沒錯，已經過了整整三個月了。更多時候，他只能默默地從皮夾夾層裡抽出兒子的照片，看著看著，然後發一整個下午的呆。

照片裡的兒子六歲，躺在一個花花綠綠，裝飾得過了頭的舞臺上，流著紅色的口水睡著了。

照片裡，兒子扮演的是一齣凶殺案的受害者。

這是福爾摩斯與兒子之間唯一的連繫。

＊　＊　＊　＊　＊

這一天，福爾摩斯從一堆邀請他去辦案的信件裡，意外瞧見了「德文郡」三個字。

福爾摩斯抽出這封來自德文郡的信，瞬時心中閃過一個奇怪的念頭——

伊莎貝拉母子的求救信？

事實上，信是德文郡警長寫的，與伊莎貝拉他們母子一點關係也沒有。

就這樣，福爾摩斯連信都沒有拆，就決定重返德文郡。

作文教室 Lesson 1

文章的四大段落

寫作文就像蓋房子，最好能先畫一張設計圖！

有人畫的設計圖是「起、承、轉、合」——起，開端。承，承接上文並加以申述。轉，轉折，從正面、反面加以立論。合，結束全文。

有人畫的設計圖是「鳳頭、豬肚、豹尾」——一開頭就吸引人的目光，如鳳頭之絢麗。中間說理、引證，內容紮實，如豬肚之飽滿。結尾提出感想、希望，下個有力的結論，如豹尾之俐落。

只是以上兩種設計圖都太籠統了，看起來簡單，寫起來不容易。底下我們介紹一種實用的簡易公式：

◎文章的四大段落

第一段：What（是什麼）

第二段：Why（為什麼）
第三段：How（如何做）
第四段：else（反之如何）

以95年國中基測作文題目「體諒別人的辛勞」為例，可以直接套入公式寫成如下：

第一段：什麼是體諒別人的辛勞？
第二段：為什麼要體諒別人的辛勞？
第三段：該如何體諒別人的辛勞？
第四段：如果不體諒別人的辛勞會怎麼樣？

很實用的公式吧！不過如果你以為這個公式就只有這個樣子而已，那你就錯了。直接套用公式雖然一樣可以寫出一篇好文章，但分數肯定不會太高。公式是死的，但聰明的人懂得活用公式，底下讓我們換個題目「窗景」，試著學習活用公式：

第一段：What

把第一段想像成一座資料庫，當你擁有各式各樣的資料時，那麼底下的第二、三、四段就有很多選擇。如何建立資料庫？底下提供幾個思考的方向：

1.從現實著手：家庭的窗景、學校的窗景

2.昇華為象徵：人生的窗景

3.充分利用時間三式：回憶中的窗景（過去式）、現實中的窗景（現在式）、夢想中的窗景（未來式）

第二段：Why

從第一段的資料庫中挑選部分重點來寫。建議挑選有特色、有象徵意味、有延展性的。例如：讓你印象深刻的窗景、人生的窗景、夢想中的窗景。

第三段：How

什麼東西才有努力的空間？當然是未成形的東西。所以本段最好從夢想中的窗景著手，說一說你將如何去實踐你的夢想。

第四段：else

夢想是美好的，但現實是殘酷的。追尋夢想的過程中，必定會遭遇到各種挫折。本段可以針對遭遇挫折時，你會坦然接受？還是永不放棄？或者重新打造另一個夢想？

根據上述的建議，我們可以將「窗景」的四大段落寫成如下：

第一段：What

現實生活中（家庭、學校、人生），你各擁有什麼窗景？不同的窗景分別象徵什麼？什麼樣的窗景最吸引你，或最讓你印象深刻？理想中，你的未來窗景是什麼？

第二段：Why

為什麼某些窗景特別吸引你，讓你印象深刻？為什麼你會夢想擁有這樣的未來窗景？

第三段：How

該如何打造自己夢想中的窗景？

第四段：else

理想與現實的差距。如果現在或未來的窗景不是你喜歡的，你會怎麼辦？

最後特別提醒兩點：

第一、「What、Why、How、else」這個簡易公式其實很像一座金字塔，第一段是基底，範圍最大，越往上走，範圍越小，第四段是塔尖，必須整個收束起來。

第二、這個公式最主要是幫助你先畫好一張藍圖，讓你寫作時不會手忙腳亂，不過真正開始動筆寫作時，還是要視實際狀況隨時修正，千萬不要被自己給框住了。

◆練習題

一、題目：一份好禮物

二、題目：我的回憶

三、題目：掌聲背後

2 CHAPTER 鸚鵡兇殺事件

德文郡警長交給福爾摩斯的確實是一件古怪的案子。沒有死者，甚至連一個受傷的人也沒有，最特殊的是到處都是犯案現場。

警長說：「突然有一天醒來，這座城市就到處充滿了謎。」

「什麼謎？」福爾摩斯心不在焉地問，他想知道的謎是伊莎貝拉他們母子為什麼突然斷了音訊。

警長說，不知道是哪個閒得發慌的傢伙，趁著黑夜拿著噴漆到處塗鴉，他塗的不是問候你爹我娘的髒話，也不是搔首弄姿張開大腿的裸女，而是一道又一道的謎題。

福爾摩斯：「塗鴉？年輕人的玩意兒，等興頭過了，他們覺得無聊就會罷手了。」

警長：「一開始，我們也這麼認為。但這不是簡單的塗鴉，你看……」

警長從檔案夾裡抽出一本相簿，相簿裡的每一張照片都是這座城市的某個角落，每個角落都被人塗上一道謎題。

如果你一手有5顆蘋果和6顆橘子，另一手有6顆蘋果和5顆橘子，請問你擁有什麼？

如果雙手連續吊在楊桃樹上一天一夜，請問你會得到什麼？

警長：「如果這些謎題都是死的，那也就算了，頂多就是破壞市容嘛！但問題是……它們是活的！」

仔細一看，每一道謎題後面都署名「福爾摩斯」。

警長苦笑道：「我們當然不會笨到相信這是你留的，但因為你的名氣，這些笨問題全都活了起來，它們帶著強烈的挑釁意味！不信，你看這一本相簿。」

警長抽出另一本相簿，打開來，和上一本相簿並排在一起。

警長：「這兩本相簿是在同一個地方拍的，拍攝時間前後只差了一個星期。」

福爾摩斯現在終於懂了，警長為什麼會說這些塗鴉都是活的，因為謎題引來的都不是謎底，而是一連串的……

如果你一手有6隻豬和9隻雞，另一手有9隻雞和6隻豬，請問你擁有什麼？

××的，什麼豬頭雞腳題目

小白喔，囧

答案是……來電請撥09890765，等你喔！

離開警局之後，福爾摩斯坐在公園一角，雖然他的眼睛緊閉，但腦袋仍不停地運轉著。

＊　＊　＊　＊　＊

破了案，再去看德文郡的祕密？還是先去看德文郡的祕密，再回來破案？如果你一手有5顆蘋果和6顆橘子，另一手有6顆蘋果和5顆橘子，請問你擁有什麼？

他腦袋裡的兩件事都是活的，都會「一眠大一寸」。

漸漸的，福爾摩斯的腦袋裡，蘋果橘子的成長速度遠超過安靜無聲的德文郡的祕密。

「答案是……條件不足。」福爾摩斯欲言又止。「答案是……11顆蘋果，11顆橘子。」

福爾摩斯試圖用一個愚蠢的答案催眠自己，凶手已經出來了，現在可以安心把案子交給警察，然後去看一看伊莎貝拉母子究竟發生了什麼事。

「謀殺囉——」

突然，一個淒厲的叫聲傳來。

福爾摩斯本能地直起背脊，一把推開腦中的蘋果橘子，打開腦中的雷達定位系統，追蹤聲音的來源。

「七點鐘方向，一百公尺左右。」

福爾摩斯睜開眼睛，從他所在的位置望去——

命案的目擊者是一名國中生，而凶手就站在他面前，一臉無辜，同樣是一名國中生。

青少年版的凶殺案？

咄咄逼人的目擊者指著看起來腦筋不太靈光的凶手的鼻子，時不時比劃著地上看不清楚究竟是什麼東西的死者，振振有辭地斥罵著。

凶手咿咿啞啞，又指天又劃地的，臉上寫滿了「不是我」的委屈。

凶手是一名啞巴？

再仔細一瞧，地上的死者原來是一隻保育類鸚鵡的幼雛。

啞巴、幼雛、國中生，看來是一件不需動用到手銬的謀殺案。

正當福爾摩斯覺得無趣，準備回頭辦自己的事時，遠遠的，他的餘光瞥見一名身材瘦小的年輕女子，她正朝凶案現場走去。

吸引福爾摩斯目光的不是與年輕女子外型不符的同手同腳（那讓她看起來像一隻怪企鵝），而是一瞬間國中生臉上的表情變化。

看來這兩名國中生似乎十分畏懼這名身高比他們矮上半截的不協調女子，好像她是他們的老師之類的。

不協調女子從包包裡抽出一本簿子，一邊聽目擊者還原凶案現場，一邊在簿子上抄抄寫寫，活像一名新聞記者。

等等，這個畫面好像在哪裡看過？福爾摩斯抓了抓頭，仔細回想，但腦海裡卻在第一時間浮現伊莎貝拉的青春臉龐。不對不對，她不是伊莎貝拉，他清楚記得十八歲少女的長相。

福爾摩斯深知破案的其中一個關鍵在於穿透被害者的人際網絡，沒有任何一個人是完全孤立地活在世界上。

活著就與他人有關。

福爾摩斯心想這個不協調女子或許與伊莎貝拉他們母子有關。

記錄完目擊者的口供之後，不協調女子把簿子拿給對方看，像是要請他確認口供是否無誤。

緊接著，不協調女子伸出手，指著正前方的天空。

福爾摩斯順著她手指的方向望去——是一道彩虹。

沒想到彩虹還在！半小時前，他就看到彩虹了，只是沒想到這麼久了它居然還在。

印象中的彩虹不是都稍縱即逝嗎？

啪——

不協調女子原本指著彩虹的手，突然惡狠狠地摑了目擊者一巴掌。

不只福爾摩斯嚇了一跳，一下子突然從目擊者變成「凶手」的國中生也嚇了一跳，但他只是摀著臉，沉默地低下頭。

他認罪了？

不協調女子撕下判決書，交給俯首認罪的國中生之後，冷冷地走了。

被摑了一巴掌的國中生見不協調女子走遠了之後，才抬起頭，忿恨地朝手上的判決書吐了一口口水，嘴裡唸唸有詞地將判決書塞給啞巴，並且嫌惡地推了對方一把之後，悻悻然地走了。

啞巴瞥了一眼手上的判決書，再看了看地上的幼雛屍體，臉上一點也沒有洗刷冤屈的釋懷表情，反而是一種苦惱、接下來不知道該怎麼辦的表情。

最後，啞巴彎下腰去，撿起幼雛屍體，用手上的判決書，將牠包裹起來，毀屍滅跡似的丟進草叢裡，跟著離開。

福爾摩斯很好奇判決書上究竟寫了什麼，為什麼憑它就可以破案？

他上前去撿起判決書，小心翼翼剝開，裡面有一坨花花綠綠的臟器，像沾醬一樣，從破了一個洞的小鳥肚子裡流了出來。

皺成一團的判決書上面沾滿了口水、血水，以及雨後的稀泥巴。

福爾摩斯攤平判決書。

根據目擊者的口供，不協調女子在空白紙上，工工整整地記錄了下面的字句。

◎七何法（※詳見後文「作文教室」）

一、何人（演員）：啞巴、幼鳥

二、何事（事件）：啞巴用彈弓打死一隻保育類幼鳥

三、何時（時間）：下午四點半左右，剛下過一場雨，天空有一道彩虹

四、何地（地點）：公園榕樹下，正對著彩虹的方向

五、何物（道具）：彈弓

六、為何（動機）：沒有即時阻止的原因是「眼睛被彩虹後面刺眼的陽光照得睜不開」，一時看不清楚啞巴在幹什麼

七、如何（方法）：直到有東西從樹上掉了下來，才看清楚啞巴打死了一隻鳥

「原來是『七何法』！重建現場的七種方法——人、事、時、地、物、為何、如何。」

福爾摩斯說。

從不協調女子拼湊出來的事實真相，現在他知道不協調女子為什麼指著彩虹之後，目擊者就俯首認罪了。

因為目擊者犯了一個致命的錯：睜眼說瞎話。

彩虹是下過雨後，陽光照射空氣中的水氣，折射、反射出來的，所以它們永遠不可能位於同一邊。

七何法

如何寫出一篇完整的故事呢？讓我們先岔個題，聊一聊謀殺案。

要偵破一樁謀殺案，必須掌握什麼元素呢？答案是：人、事、時、地、物——什麼人在什麼時候、什麼地方，用什麼東西做了什麼事。

這樣就夠了嗎？還不夠，我們還需要知道犯人的「動機」，以及犯案的「方法」。也就是犯人為何會做出這樣的事？他是如何辦到的？

另外，如果我們把一篇故事想像成一齣上映的電影，那麼「七何法」裡的「何人」就是演員、「何事」就是事件、「何時」就是時間、「何地」就是地點、「何物」就是道具、「為何」就是動機、「如何」就是方法。

事實上，寫一篇完整的故事，就像偵破一樁謀殺案一樣，只要掌握「何人、何事、何時、何地、何物、為何、如何」這七種元素（七何法），就可以輕鬆辦到。

◎七何法

一、何人：演員
二、何事：事件
三、何時：時間
四、何地：地點
五、何物：道具
六、為何：動機
七、如何：方法

底下，讓我們以一篇寓言為例，說明故事與「七何法」之間的神祕關係：

◎烏鴉與狐狸

太陽快下山的時候，樹上有隻烏鴉，嘴裡叼著一塊偷來的肉。

狐狸經過看到了，口水流了滿地，於是牠使了一個詭計。

狐狸對著樹上的烏鴉高聲叫道：「多麼美麗的烏鴉啊！如果牠的聲音也和美貌一樣的話，那麼牠簡直就是鳥中的皇后了。」

烏鴉聽了，樂得沖昏頭，忍不住張開口唱起歌來，不料一張口，嘴裡的肉就從樹上掉了下來。

狐狸見了，立刻衝上前撿了起來，然後對烏鴉說：「你的聲音還可以，但頭腦可就不太靈光了。」

（本文摘自《伊索寓言》）

仔細找一找，你有沒有發現這篇短短不到兩百字的小故事，居然包含了「七何法」裡的七個元素。

一、何人（演員）：烏鴉、狐狸
二、何事（事件）：狐狸騙烏鴉的肉
三、何時（時間）：太陽快下山的時候
四、何地（地點）：樹上、樹下
五、何物（道具）：肉
六、為何（動機）：狐狸想吃肉
七、如何（方法）：狐狸用計騙烏鴉開口唱歌，好讓肉從牠的嘴裡掉下來事實上，不用驚訝，任何一篇完整的故事都包含了這七個元素。換言之，只要你有辦法掌握這七個元素，就能寫出一篇完完整整的故事。

剛開始寫作文的同學最常犯的毛病就是東缺一塊、西缺一塊（沒有時間、地點、事件），以及不符合邏輯（沒有動機）。如果你懂得善用「七何法」，必定可以輕輕鬆鬆避開這些常見的毛病。

◆練習題

一、利用「七何法」，寫一篇「自食惡果」的故事

二、利用「七何法」，寫一篇「東施效顰」的故事

三、利用「七何法」，寫一篇「知錯能改」的故事

3 CHAPTER

七宗不可思議的罪

穿街繞巷，實地探查了各種古怪的塗鴉謎題之後，看看天色，福爾摩斯決定先回旅館休息。

巷子裡，迎面走來一個國中生，是稍早在公園裡看到的啞巴。

啞巴說：「先生，有人要我把這個交給你。」

福爾摩斯愣了一下，原來他不是啞巴。

國中生遞給福爾摩斯一封信，是少女寄給他的家書，收件人地址一如往常是倫敦貝克街，福爾摩斯的家。這封信經過長途旅行，從德文郡寄往倫敦，被徵信社的人截走後，又把信帶回德文郡，親手交給福爾摩斯。

徵信社之神通廣大，超乎福爾摩斯想像，即使到離家好幾百里的外地辦案，還是可以在路上走著走著，就突然有人冒出來，拿著少女的家書給他。

只是徵信社的人從不親自出面，他們習慣隨便找一個不相干的孩子當他們的信使。

緊緊握著信，福爾摩斯鬆了口氣，他覺得自己實在太大驚小怪了。

信一打開，福爾摩斯的身體倏地一顫，因為信上只寫了幾個大字。

救救我們的孩子！

伊莎貝拉

* * * * *

福爾摩斯腦袋亂哄哄的，完全無法思考，他唯一想到的是放下手邊所有的事，按照家書上面的地址，立刻趕到伊莎貝拉的家。

伊莎貝拉和她的兒子住在德文郡貧民區的一間小公寓裡。

焦急的福爾摩斯在門外按了好幾聲門鈴，都沒有人回應。

轉動門把，他這才發現大門根本沒有上鎖，於是他推開門，走了進去。福爾摩斯以為他會看到一張熟悉的面孔，十八歲少女的身影。不，她已經三十一歲了，面容或許已經不知不覺被時間改變了一些，但他相信自己一眼就可以認出她來。

兩房一廳的小公寓裡，什麼人都沒有。

客廳整齊清潔簡單，幾乎沒有任何擺設，主人好像只是出門一下，很快就會回來了。

福爾摩斯用手指抹了一下沙發，上面已經覆蓋了一層細細的沙了。

這個家至少已經有一個星期沒有人在了。

正當福爾摩斯想到其他房間看一看時，客廳的電話突然響了起來。

他遲疑了一下，拿起電話。

「敵人，你好啊！」電話那頭的聲音冷冷的說。

敵人？福爾摩斯嚇了一跳，居然是找他的。為什麼對方會對自己的行蹤這麼清楚？

福爾摩斯：「你是誰？究竟想幹什麼？」

歹徒：「你說呢？福爾摩斯不是大偵探嗎？那麼就請你猜一猜我是誰？究竟想幹什麼？」

福爾摩斯：「我不管你是誰，想幹什麼，先把小孩放了！」

歹徒：「放了小孩？敵人啊，你的講法也未免太不合邏輯了吧，沒有人遊戲是這樣玩的。」

福爾摩斯：「那遊戲該怎麼玩？」

歹徒：「遊戲的玩法很簡單，你聽過『國王與奴隸』的兒童遊戲嗎？」

福爾摩斯：「國王與奴隸？」

歹徒說，那是流傳在孩童們之間，看似天真，其實殘忍的一種「角色扮演」遊戲，只要國王說什麼，奴隸就得做什麼，如果奴隸沒有完成國王交代的任務，國王就有權力摘掉奴隸身上一個器官。遊戲開始時，扮演奴隸的一方，要先唱一首兒歌：

我的國王，我的天啊

這次的任務是啥呀
我的眼睛、我的舌啊
它們都在哭泣呀
拜託，拜託國王啊
千萬不要殺了它們呀

歹徒：「不過，我要稍微修正一下這個遊戲的玩法，對孩子們而言，這個遊戲之所以有趣，是因為可以輪流當國王；但對我而言，這個遊戲之所以有趣，是因為我永遠是國王。」

福爾摩斯：「如果我沒有達成任務呢？」

歹徒：「如果你沒有達成任務的話，那麼你兒子的眼睛、耳朵、舌頭就會一個一個慢慢的消失。」

福爾摩斯：「你究竟想幹什麼？」

歹徒：「敵人啊，奴隸是沒有權利過問國王背後的動機的！你唯一能做的就是努力達成國王的任務，好保住你兒子的眼睛、耳朵。」

敵人？福爾摩斯注意到歹徒第三次稱呼他為「敵人」。

他在腦中搜尋歹徒的可能人選，但他的敵人實在太多了，一時半刻理不出個頭緒來。

歹徒：「仔細聽了，國王的任務來了……」

這一天，福爾摩斯遇到了史上最大的難題：憑空冒出來的國王交給他的是一個不可能的任務——一天之內犯下七起案件。

歹徒：「沒錯，是『犯』案，而不是『破』案。而且死者還必須是同一個人。」

福爾摩斯：「同一個人？」

歹徒：「沒錯，也就是說，你必須在一天之內把同一個人殺死七次，而且每次死法都不一樣。」

福爾摩斯：「這……不太可能吧！除了上帝之外，恐怕沒人辦得到。」

歹徒冷笑一聲：「上帝？哼，福爾摩斯你不是自稱上帝嗎？」

福爾摩斯的兒子被綁架了，奇怪的是歹徒要的並不是錢，而是強迫福爾摩斯證明自己是上帝。

福爾摩斯想起幾天前被媒體渲染誇大的頭條新聞——

滅門血案，六小時宣告偵破

——Oh，My 福爾摩斯 God，沉淪帝國的最後救贖福爾摩斯：「那只是媒體一貫的誇大修辭。」

歹徒：「Oh，My 福爾摩斯 God，上帝沒有權利對祂的子民 Say No！」

通話過程中，電話那頭歹徒說出口的每一句話，以及歹徒身後的背景聲音，全都被福爾摩斯腦袋裡的小小錄音機盜錄了下來，因為他知道，就算是一隻狗無意識地打了一個呵欠，也有可能是破案的關鍵。

只不過福爾摩斯這一次的錄音充滿了雜訊。

「上帝先生，如果您不願意接受這個有違您的職業道德的挑戰的話，那麼不好意思，您現在就可以在電話裡跟您兒子的眼睛、耳朵說拜拜了，或者用文雅一點的說法，告別，永遠的告別……」

「對了，上帝的兒子叫什麼名字？一般人叫他耶穌是吧？哈哈哈……來，耶穌，跟你的上帝爸爸說說話。」

「嗚嗯嗚……」電話那頭傳來的是類似小狗肚子餓的嗚嗚哀鳴，顯然兒子的嘴巴被人用棉布之類的東西摀住了。

雖然福爾摩斯已經試著讓自己冷靜下來，然而他的腦袋裡卻不停出現雜訊，因為這次的受害者是自己的兒子，而不是一隻打著呵欠的狗。

歹徒：「敵人啊，最後一次提醒你，你的國王希望後天送到他手上的報紙，上面的頭條是『七宗不可思議的罪：死者皆是同一人。』」

匡──

歹徒掛上電話。

* * * * *

福爾摩斯拿著話筒，愣在原地，腦袋裡反覆播放最後錄到的聲音：「嘶，嘶……七宗不可思議的罪：嘶，嘶……死者皆是同一人。」

怎麼可能？他頹喪地放下話筒，關上小小錄音機，腦袋快速運轉了起來。

「七個同名同姓的人？」

「長相一模一樣的七胞胎？」

「都太蠢了。」福爾摩斯否定自己的答案。

福爾摩斯搖搖頭，跳過第一個難題，來到第二個難題：「唉，像德文郡如此沉淪的城市，每天都有各式各樣的命案發生，想要見報恐怕也不是那麼容易的事，況且是頭條，除非……死的人是一個赫赫有名的人。」

福爾摩斯並沒有認真去思考這兩個問題，因為他知道這是技術面的問題，只要腦袋多轉個幾圈，答案就會自己跳出來。

問題真正的核心是：「如何殺死一個人，而不犯法？」

* * * * *

「不犯法的方法只有一個：那就是死的人是自己。」

福爾摩斯喃喃自語來到陌生兒子的房間，晚上九點的房間裡什麼都看不清。找到電燈開關，一按，不亮，再按，還是不亮。福爾摩斯抬頭一看，燈管烏黑，看來已經壞了好一段日子了。

兒子習慣在漆黑的房間裡做功課？

福爾摩斯趨前打開窗戶，好讓窗外的月光照進黑暗的房間。

「好髒啊！」福爾摩斯看著自己的手。

窗戶上沾滿了灰塵。

拍了拍手上的灰塵，福爾摩斯仰起臉，望著在月光裡飛舞的塵埃，困惑地問自己：

兒子為什麼不喜歡開窗？

環顧四周，典型十三歲男孩的房間，什麼東西都不在它自己的位置上。

福爾摩斯沒辦法從這裡面找到什麼蛛絲馬跡，因為他不確定哪一部分是兒子掙扎留下來的痕跡，哪一部分是兒子向來的一貫風格。

他苦笑了一下，他沒想到有一天他會辦到自己兒子的案子。用手輕輕掃了掃椅子上被壓扁，已經受潮的洋芋片碎片，然後扭開書桌上的燈，福爾摩斯坐了下來。

桌面上一堆亂七八糟的東西，但中間卻端端正正地躺了一本作文簿。一片凌亂的桌面上，端端正正的作文簿反倒看起來有點突兀。

福爾摩斯心想，顯然兒子被綁架前，在這個房間裡做的最後一件事是：寫作文。

翻開兒子的作文練習簿，雖然從外表看起來還很新，但已經在這裡那裡染上了星星點點的洋芋片油漬了。

作文練習簿第一頁的開頭歪歪扭扭寫著：「一張舊照片——開頭的七種方法」，然後每隔幾行就出現一個小標，分別是——

◎開頭的七種方法（※詳見後文「作文教室」）

一、開門見山
二、名人背書
三、故布疑陣
四、自問自答
五、望文生義
六、舉例來說
七、逆向行駛

小標後面預留了好幾行的空白，顯然兒子還沒想好要寫什麼。斜眼一瞥，他發現半掩的抽屜裡露出半張照片。拉開抽屜，福爾摩斯嚇了一大跳。

那是一張被撕成碎片後又重新拼湊起來的舊照片。

他本能地從口袋裡拿出皮夾，抽出夾層裡的照片，仔細比對這兩張照片，它們幾乎一模一樣，只不過拍攝的角度略有不同。

然而最讓福爾摩斯訝異的是，抽屜裡這張照片的背面居然寫了一行字——

拍攝者福爾摩斯。

是誰拍了這張照片，並且刻意模仿福爾摩斯的筆跡寫下這行字？

福爾摩斯仔細端詳支離破碎的舊照片裡兒子的面容——塗了滿臉的白色粉筆灰，一動也不動地躺在舞臺正中央，嘴角還不斷流出摻了口水的蕃茄汁。

在這張舊照片裡，兒子扮演的是一個凶殺案的死者。

那是七年前的事了。

＊　＊　＊　＊

那一年，福爾摩斯到距離德文郡一百哩外的藍天鎮辦案，不料辦完案後，有人刻意幫他安排了一堆參訪行程，其中一個居然遠在一百哩外的德文郡。更令人意想不到的是，參訪地點居然就是兒子就讀的幼稚園。

為了歡迎福爾摩斯的到來，園方還刻意安排了一齣戲劇表演。

福爾摩斯記得清清楚楚，這齣戲取材自他偵破的一件凶殺案。

他沒想到幼稚園居然會端出這種成人的戲碼，學校不應該用這種方式教孩子們認識死亡，死亡沒有那麼輕鬆。

他寧願孩子們手拿仙女棒，圍著點心還是蛋糕，唱些可笑的兒歌。例如只有一隻耳朵、一隻眼睛的老虎。

遠遠地，一個肥墩墩的傢伙，臉上堆滿笑容，小跑步地顛晃了過來。他激動地伸出溫熱的雙手，緊緊握著福爾摩斯：「唉呀，我的天啊！福爾摩斯先生，感謝您的大駕光臨。為了歡迎您這個大人物，我們可是抓破頭，才編出這麼一齣超出我們的想像力的推理戲碼！」

福爾摩斯心底直犯嘀咕：「是啊！你們也超出了我的想像力，居然用死亡來歡迎我。」

胖子：「孩子們一聽說我們準備用凶殺案來歡迎您，每個人都興奮得不得了，一個個搶著要當凶殺案裡的大偵探。但您也知道偵探只有一個，所以我只好讓他們抽籤。」

福爾摩斯點點頭，虛應地笑了笑，試圖把手抽回來，但對方顯然還有話要說。

「對了，忘了自我介紹，我是這裡的園長……」說著說著，胖子園長突然指著臺上一名扮演死者的小孩，掩著嘴在福爾摩斯的耳畔小聲地說：「這些孩子都很有演戲的天分，尤其是扮演死人的那一個。我想這方面肯定和遺傳有關。」

「遺傳？什麼意思？」福爾摩斯從沒聽過死亡也會遺傳。

胖子園長解釋，這孩子的爸爸就是七年前死於轟動德文郡「巴斯克維爾獵犬」的受害者。「您大概忘了，這件案子是您親手破的，所以認真說來，您可以算得上是這個孩子的恩人。這也就是為什麼這個孩子的母親會將他取名為『夏洛克』的原因了。」

聽到「夏洛克」這個名字時，福爾摩斯突然一顫，因為他的全名是夏洛克‧福爾摩斯，其中「福爾摩斯」是姓，「夏洛克」是名，也就是眼前這個孩子和他同名。

福爾摩斯：「夏洛克？恩人？這件事是誰告訴你的？」

胖子園長：「當然是這個孩子的母親，伊莎貝拉女士啦！她還說您是她兒子的偶像呢。」

伊莎貝拉……，天啊！真的是我的兒子。福爾摩斯在心底驚呼。仔細端詳小孩的眉眼、嘴角、臉型，果然和自己十分神似。

陰錯陽差之下，福爾摩斯的兒子居然扮成死人，歡迎父親的到來。

福爾摩斯只覺得這真是個天大的諷刺，兒子的冒牌父親死於凶殺案，而正牌父親反倒成了他從未見過面的偶像。

諷刺的背後，其實是無限的淒涼——為了不傷害福爾摩斯，少女居然為她的孩子虛構了這麼一個死於凶殺案的父親，好讓他這個見不得光的猥瑣爸爸，可以光明正大地繼續過他的逍遙日子，而且還厚顏無恥地成了兒子的偶像。

胖子園長：「這孩子連抽籤都抽到死人，您說這不是遺傳是什麼？唉，真可憐，希望這孩子長大後能擺脫遺傳的惡夢，不要跟他父親一樣，成了凶殺案的死者。」

遺傳、遺傳、遺傳……

死者、死者、死者……

福爾摩斯察覺到異樣了，從胖子園長口中不斷冒出的遺傳、死者、父親等字眼，對方的任務似乎是來羞辱福爾摩斯的，他心底有很多話不吐不快，他清楚地知道我和這個孩子之間的關係，這一點除了伊莎貝拉之外，還有誰知道呢？還有，我為什麼會出現在這裡？我不是應該在藍天鎮嗎？

太多疑點和巧合了，它們全部指向胖子園長是伊莎貝拉熟識的朋友或親人。

事實上，胖子園長正是伊莎貝拉的親哥哥。

「不好意思，讓我拍個照，死亡的戲分快結束了。」福爾摩斯揚起手上的相機。

胖子園長這時才鬆開手。

「當然，當然，不過您不用擔心，在這一齣我們精心設計出來的戲碼裡，死亡是最重要的配角，所以這孩子的戲分很長，保證從頭死到尾，因為死亡的人沒有離開的權利，他們只能永遠待在同一個地方！」胖子園長不停在福爾摩斯耳邊叨叨絮絮，一而再再而三地暴露他的身分。

福爾摩斯又好氣又好笑，他真想惡狠狠地摑胖子園長幾個巴掌，不過他沒有這個權利，因為這是他應得的懲罰。

比起福爾摩斯犯下的罪，這個懲罰實在是太微不足道了。

福爾摩斯把相機對準兒子。

有一瞬間，他還猶豫著該不該拍下這張照片。

喀嚓——

福爾摩斯拍下兒子的死亡練習。

那一年，離開德文郡之後，福爾摩斯收到伊莎貝拉的家書。少女說她很感激福爾摩斯故意去看兒子夏洛克，雖然夏洛克回家後一直嚷嚷著因為不小心睡著了，所以沒看到他的偶像。

最後信上說：感謝您為夏洛克做的一切。

他注意到少女用的是「您」，而不是「你」。

因為這個意外的參訪行程，福爾摩斯再一次莫名其妙地享受了這個不該屬於他的奇異恩典。

＊ ＊ ＊ ＊ ＊

拉回思緒，福爾摩斯望著兒子支離破碎的「死亡練習照」喃喃自語：「這應該是那個胖子園長拍的吧！只是為什麼它會被撕成碎片後又重組起來呢？為什麼要在背面寫上我的名字呢？」福爾摩斯沒有繼續想下去，他把焦點拉回歹徒的國王遊戲上。

兒子的死亡練習照？一張舊照片？開頭的七種方法？把同一個人殺死七次？每次死法都不一樣？把同一個人殺死七次？開頭的七種方法？一張舊照片？兒子的死亡練習照……

「一定是這樣！」福爾摩斯想通了，原來兒子想拿「死亡練習照」來寫一篇叫「一張舊照片」的作文。而「開頭的七種方法」指的就是後面的「開門見山」等七種方法。一點一滴，福爾摩斯覺得有什麼東西就快要接上線了，只要再加把勁就行了。他搜尋腦中的小小錄音機，轉到對的頻率——

你必須在一天之內把同一個人殺死七次，而且每次死法都不一樣。

除了上帝之外，恐怕沒人辦得到。

上帝？哼，福爾摩斯你不是自稱上帝嗎？

看看兒子的死亡練習照，再看看作文簿上的「一張舊照片──開頭的七種方法」。

突然，福爾摩斯拍桌大叫：

「我想到了，我就是自己的上帝！」

＊　＊　＊　＊　＊

一整個晚上，福爾摩斯都埋著頭，在兒子的書桌前，沙沙沙……贖罪一般寫起了兒子夏洛克來不及完成的功課。

過程中，福爾摩斯頻頻抬起頭望向窗外，他注意到窗外有一棟黑漆漆的尖塔建築物，完完全全擋住了兒子的視線。

這個小房間沒有窗外。

＊　＊　＊　＊　＊

凌晨六點，送報生正在送報紙。

福爾摩斯一早便出門，來到街上最早開門做生意的書報攤。

這一天，每家報紙的頭條都不一樣，不是政治，就是醜聞，要不然就是不存在的八卦流言。

這些彼此完全不相干的頭條，只代表了一件事：昨天沒有發生什麼大事。

福爾摩斯撥開一堆花花綠綠的大報，從底下抽出一份小報。

小報上的頭條赫然就是「七宗不可思議的罪：死者皆是同一人。」

報紙正中央是一張放大、泛黃、被撕成一片片後又重新拼湊起來的死亡照——兒子夏洛克六歲時的死亡練習。

福爾摩斯嘆了一口氣：「唉！真像是刻意做出來的特殊效果。」

繼續往下看，福爾摩斯霎時燒紅了臉，因為小報的高層雖然賣給福爾摩斯這麼大的面子，但尷尬的是小報狗改不了吃屎的腥羶性格，硬要在福爾摩斯給他們的標題底下，加上這麼一個不倫不類的小標——福爾摩斯教你寫作文。

作文教室 Lesson 3

開頭的七種方法

萬事起頭難，作文的時候，更是如此。底下，我們用一段簡單的口訣，幫大家歸納出「開頭的七種方法」，並點出需要特別注意的事項。

開頭最常用的方法是「開門見山」和「名人背書」，最容易引人注目的則是「故布疑陣」。如果完全沒有頭緒的人，只好「自問自答」或「望文生義」。要特別注意的是：千萬別把時間浪費在第一句話上！「舉例來說」，如果第一句話就花了半小時，那麼你就是「逆向行駛」，死期不遠了。

◎開頭的七種方法

一、開門見山

直接了當，把心中所思所想表達出來。最經典的例子是韓愈〈師說〉：「古之學者必有師。師者，所以傳道、受業、解惑也。」又例如本書「名作賞析」裡的隱地〈到

林先生家作客〉。（詳見P147）

二、名人背書

引用名人的話（或俗諺），增強作文的說服力。例如本書「名作賞析」裡的王鼎鈞〈拾穗的日子〉：「俗語說：『五月田家無繡女。』因為要忙著收麥。」但切忌引用太浮濫的名句，以免造成反效果，如「天下沒有白吃的午餐」。

三、故布疑陣

利用懸疑或驚奇的方式，製造出想像的空間，引起讀者的好奇。例如本書「名作賞析」裡的周芬伶〈小王子〉：「他們說，弟弟被關起來了。」（詳見P152）

四、自問自答

又叫「設問法」，利用一問一答的方式，慢慢帶出主題。例如：梁啟超〈最苦與最樂〉：「人生甚麼是最苦呢？貧嗎？不是。失意嗎？不是。老嗎？都不是。我說人生最苦的事，莫若身上背著一種未了的責任。」

五、望文生義

先針對題目加以解釋、說明一番，然後再展開論述。這種寫法大多是針對具有多重含意的題目。例如「心靈存摺」、「生命」、「行」等。

六、舉例來說

用具體的例子，來說明題旨，有點像大一號的「譬喻法」——利用「事件」的相似處，以彼方來說明此方。例如一提到國家與個人的關係，便會想到「覆巢之下無完卵」。

七、逆向行駛

即「逆向操作」，先寫與題目相反之內容，隨即再拉回到主題。目的是利用反差的原理，把主題烘托出來。例如題目是「守時」，便先寫不守時可能會有什麼惡果。又例如前面提及的周芬伶〈小王子〉，既是故布疑陣，同時也是逆向行駛。因為題目是「小王子」，但作者劈頭就寫小王子被關起來了。

底下，讓我們以「一張舊照片」為題，練習如何使用開頭的七種方法：

一、開門見山

我最難忘的一張照片是六歲時父親幫我拍的，那一年，我們學校舉辦園遊會，我演的是一個可笑的死人……

二、名人背書

孔子曾經感慨地說：「逝者如斯夫，不舍晝夜。」為了抵抗時間這個殘忍的敵人，於是我們不停地拍照，試圖把生活中每一段值得回憶的美麗時光，都一一收藏進生命的相本裡……

三、故布疑陣

我的相簿裡有無數張照片，但有一張泛黃的照片，卻讓我每次都迅速翻過，不敢把目光稍稍停留在它身上，因為那是一張與死亡沾上邊的照片……

四、自問自答

人類發明相機究竟是為了什麼？為了永遠把自己留在過去嗎？為了怕遺忘過去的自己嗎？這恐怕是一個沒有正確解答的問題。不過對我而言，照相是為了「與過去的自己對話」……

五、望文生義

每張照片都藏著一個回憶，一張舊照片就是一個難忘的回憶……

六、舉例來說

就像每一帖良藥都能治癒一個病人一樣，一張又一張的舊照片，也可以撫慰一個又一個再也回不到過去的時間旅人……

七、逆向行駛

如果這個世界上沒有照片，那麼當我們老年失憶的時候，人不就成了一張又一張空白的紙。為了不讓回憶一點一滴地流失，於是人們利用一張又一張的照片，證明我們確確實實曾經年輕過、美麗過、精采過、認真生活過……

作文開頭的方法千千萬萬，沒有哪一種特別好，主要還是得依據題目、當下的靈感，以及你個人的偏好、能力來做決定。切忌蠻幹，胡亂套用。另外，你也可以嘗試著一次用兩種，或多種以上的開頭法，只要能運用得宜，什麼方法都是好方法。

◆練習題

請用上面學到的方法，為底下三個作文題目各開七個頭。

一、題目：我最難忘的人

二、題目：當我犯錯的時候

三、題目：最後一堂課

4 CHAPTER 天生我才必有用

歹徒消失了？

已經連續六天，福爾摩斯沒有接到歹徒的電話了。

福爾摩斯從一開始的鬆了一大口氣，到現在開始慢慢變得心虛起來，他想會不會是自己聰明過了頭的方法激怒了歹徒，於是對方一怒之下……

別再想了。

福爾摩斯的專業提醒自己，千萬別去推理任何沒有邏輯的問題，它們是綁在橫梁上的吊環，看久了，脖子就會不自覺地伸進去。

他決定到兒子就讀的學校走一趟。

＊　＊　＊　＊

福爾摩斯假扮成便衣刑警，到兒子就讀的國中尋找可能的線索。

兒子的老師是個憂鬱的女人，從外表看來，恐怕不到三十歲，但卻強烈地給人一種太陽即將下山，一切都將滅絕的微微恐怖感。

令人印象深刻的，還有她那兩道稀疏眉毛之間，被歲月的鑿子深深淺淺刻劃出來的憂鬱溝渠，那是她長年不快樂的證明。以她未滿三十的年紀來推算，恐怕自童年的某一天開始，她就不快樂了。

福爾摩斯拿出紙筆假裝記錄：「妳知道妳的學生夏洛克被綁架了嗎？」

不快樂女老師對這句話沒什麼特殊反應，她的眼神空洞，彷彿聽到的是「妳知道妳家的貓最近胃口很差嗎」。

福爾摩斯：「難道妳沒發現他已經消失了好一陣子嗎？」

不快樂女老師不疾不徐，幽幽地說：「一個四十人大小的班級，每天平均有二十個人沒來上課。在這樣的班級裡，就算有人突然徹底從這個世界上消失，你恐怕也很難察覺得到。」

不快樂女老師講話的時候，習慣性地微微仰起臉，像是對著遠方的什麼人說話，這明顯透露出她鮮少與人互動，不過這樣的特質和老師這個多話的行業似乎不太搭嘎。除非她剛踏進老師這個行業，或者她根本就患了「老師適應不良症」。

福爾摩斯轉頭瞄了一眼空蕩蕩只有一半學生的教室，學生們三三兩兩聚在一塊兒打牌；獨自兒翻著漫畫；扒飯，提前享用午餐；或者嘩啦啦流著口水趴在桌上睡覺。

不快樂女老師：「對不起，我不應該說這麼不負責任的話。只是……只是當你在這樣的班級待久了，你就會麻木地告訴自己：有人來、有人去、有人無辜的臉上掛了彩、有人天天在該死的街頭遊蕩、有人發生了一件從今以後我們再也看不見他的事……，沒有任何一件事值得大驚小怪。」

福爾摩斯愣了一下，他沒想到對方會這麼說，這讓他底下的問題變得輕盈沒有重量起來：「嗯，我想我還是必須問一下，夏洛克被綁架前有什麼徵兆嗎？」

「徵兆？」不快樂女老師沉思了一下。

「沒有，一點也沒有。」她說。

福爾摩斯點點頭，但心底卻不表贊同。當然有徵兆，只是妳沒注意到而已！長期不快樂的人，除了早已失去快樂的本能之外，通常也會連帶失去觀察的能力，因為他們把全部的時間都投注在自己的細微心思上。

「如果把時間往前推一點呢？」福爾摩斯說。

「什麼意思？」

「每件發生過的事都有預兆，雖然有些預兆可以用個人的意志力壓抑下來，但沒有人可以演一輩子的戲。談談妳對夏洛克平常的印象。」

女老師：「夏洛克啊，該怎麼說呢……啊！我想到了。」

女老師突然想到什麼似的，走進教室，拉開抽屜，翻翻找找，拿了一本簿子出來。

「作文簿？」

「沒錯，作文簿，你看最後一篇。」

福爾摩斯翻開最後一篇，題目是：「天生我才必有用」。

女老師給兒子的評語是一個大大的「問號」。

福爾摩斯指著大大的問號：「這個……為什麼？」

「你把它看完就知道了。」女老師說。

看著看著，福爾摩斯突然整個人愣住了，因為他看到了底下這段文字：

在我七歲那年，有一次去河邊游泳，回來之後沒多久，右眼就被一種我到現在還叫不出名字的細菌感染。雖然媽媽帶我去看了很多醫生，但最後我的右眼還是失明了。雖然從外表上看不出來我瞎了一隻眼睛，但只要我遮住另一隻眼睛，我就是個徹徹底底的瞎子了。每天，我都處在一種另一隻眼睛搞不好早就受到感染，很快就會看不見的恐懼中。有很長一段時間，我每天想自殺。

不會吧！福爾摩斯心想，如果夏洛克真的瞎了一隻眼睛，那自己怎麼可能不知道呢？伊莎貝拉每個月一封的家書，幫他鉅細靡遺地記錄了兒子的成長歷程。

有沒有可能伊莎貝拉刻意隱瞞了什麼？或者……她習慣挑兒子的光明面記錄？福爾

摩斯打了個冷顫。

福爾摩斯翻到最後一頁。

最後一段，兒子只寫了幾個字，而且最後還用立可白統統塗掉。

福爾摩斯高高拿起作文簿，仰起臉，逆著光，想看清楚藏在立可白後面的字。

女老師：「是『天生我才必有用』。」

福爾摩斯：「重抄題目，是來不及寫完嗎？」

女老師搖搖頭：「不對，『天生我才必有用』這幾個字後面，還有一個大大的『問號』。」

福爾摩斯仔細一瞧，後面果然有一個不成比例的大問號。

女老師：「這不是課堂上的考試，而是回家作業，沒有時間來不及的問題。」

福爾摩斯注意到女老師給兒子的大大問號，根本就是模仿兒子藏在立可白後面的問號寫成的，不管是大小，還是筆跡都一模一樣，只不過一個是代表學生的藍色問號，一個是代表老師的紅色問號。兩者之間，一前一後，一明一暗，一紅一藍，像是一種只有同謀者才知道的淘氣暗號。

女老師：「我問過夏洛克，為什麼不把它寫完，你知道他怎麼說嗎？」

福爾摩斯：「怎麼說？」

女老師：「夏洛克說，再寫下去就通篇都是謊言了。」

福爾摩斯：「謊言？」

女老師：「夏洛克認為他沒有資格為這個題目下結局，或者應該這麼說才對，對夏洛克而言，『天生我才必有用』這句話根本就有問題。」

福爾摩斯一驚，身子微微一震，他沒想到兒子夏洛克已經大到會去思考這種問題了。

女老師：「夏洛克對人生的困惑，恐怕不比我們這些真正受過挫折的成年人還少。」

福爾摩斯越來越疑惑了。瞎眼、自殺、對未來充滿不信任感，這和伊莎貝拉信裡那個健康、自信、在陽光下恣意奔跑的兒子完全不一樣。

女老師：「孩子們和成年人的困惑不一樣，他們是仰起臉、認真的困惑，而我們是駝著背、頹敗的困惑。」

女老師話裡的「我們」，明顯指向她自己。

福爾摩斯注意到未滿三十歲，不快樂女老師居然已經開始有駝背的傾向了。

突然，不快樂女老師仰起臉，像是對著老天爺，又像是對著她自己說：「或許……每個孩子長大後，都應該重寫一篇『天生我才必有用』，而這一次，沒有老師站在一旁，等著收考卷，改分數。」

看著不快樂女老師微微仰起的臉，以及微微曲著的背脊，不知為何，福爾摩斯腦中突然浮現伊莎貝拉的青春臉龐。把不協調女子和伊莎貝拉聯想在一起，還有一點道理，因為她們同樣聰明、果決，但為什麼會在不快樂女老師身上看到伊莎貝拉的身影呢？福爾摩斯一點也想不透。

最後，福爾摩斯回到他的疑問：「作文裡，夏洛克說他瞎了一隻眼睛，這是真的？還是假的？」

不快樂女老師看了福爾摩斯一眼，然後意味深長地說：「孩子們的作文不可信，但夏洛克這個孩子和其他孩子不一樣。」

福爾摩斯：「妳的意思是……」

不快樂女老師點了點頭。

* * * * *

從兒子的學校回來之後，福爾摩斯愣愣地坐在空蕩蕩的客廳裡胡思亂想。最近福爾摩斯頗為自豪的邏輯和觀察力似乎都休假去了，他變成一個再平凡不過的老父親了。好幾次，一個怪異的念頭不聲不響地來到這個平凡的老父親面前，拉了張椅子，坐了下來。

福爾摩斯用力眨眨眼睛，想把怪異的念頭趕走。

只是一個恍神，怪異的念頭又回來了。

那個怪異的念頭是——

始終背對著自己的兒子，突然轉過身來，他的兩顆眼珠子一花一白，分不清究竟是哪一眼瞎了。福爾摩斯尖著眼，想瞧清楚兒子究竟哪一眼瞎了，看著看著，兒子的形象慢慢模糊起來，他的眉頭緊蹙，背兒微駝，對自己和未來充滿了不信任感，他根本就是那位不快樂的女老師。

福爾摩斯把這個荒謬的念頭歸咎於自己的胡思亂想。

然而事實上，他只是不願承認兒子在他心中的形象幾乎是空白的，以至於任何入侵者都能輕易地取代兒子。

來來回回好幾次之後，福爾摩斯終於放棄了。

* * * *

深夜，福爾摩斯來到一間酒吧，他想找一杯烈酒，殺死腦中那些該死的、完全不符合邏輯的怪念頭。

「酒保，來瓶最烈的酒。」福爾摩斯說。

福爾摩斯接過老闆遞過來的酒，仰起臉，狠狠地灌了一口，但烈酒卻像一團火，燒傷了他的嘴巴。

福爾摩斯把嘴裡的酒全部吐了出來，他不習慣喝這麼烈的酒。深夜酒吧裡，沒有人在意福爾摩斯把酒吞進肚子或吐在地上，失態是這裡的人的特權，就像坐在他旁邊，兩名喝得爛醉，正在大聲鬥嘴的警察一樣。

胖子警察：「一個案子最多可以破幾次？」

瘦子警察：「事實的真相只有一個，所以一個案子就算破了一百遍也沒用，因為除了真相那個之外，其餘的都是錯的。」

胖子警察：「哈哈哈……我就知道你這個笨蛋會這麼說。那可不一定，我看過一本叫《東方快車謀殺案》的推理小說，最後總共破了兩次案。」

瘦子警察：「你才是笨蛋，把小說和真實人生混為一談，虧你還是警察咧。」

「敢說我是笨蛋，你這個貓生狗養豬帶大的。」

「××的，敢罵我，不想活了。」瘦子警察用手指比成一把槍的模樣，抵住胖子警察的頭：「現在換我問你，一個案子最多能破幾次？給我小心回答，答錯了，就讓你的腦袋開花。」

「不要，不要開槍。事……實……的真相只有一個，所以一個案子就算破了一百遍也沒用，因為除了真相那個之外，其餘的都是錯的。」胖子警察把剛才瘦子警察的回答重複了一遍。

好幾次，福爾摩斯被這兩個爛醉的警察逗得噗哧笑了出來，他甚至有一股奇怪的衝動：在這個悲傷卻又無法喝醉的夜晚，自己真應該加入他們才對。

「先生，你認為一個案子最多可以破幾次？」

突然有個低沉的聲音，在福爾摩斯的耳邊響起。

福爾摩斯轉過頭，他的身邊不知道什麼時候坐了一個頭戴寬邊帽，身穿風衣的男人。

「你……問我？」

「這間酒吧裡，除了你、我，以及那兩個酒鬼之外，還有別人嗎？」

福爾摩斯看看四周，酒吧裡果然沒有其他人了。

「這個嘛……」

福爾摩斯一時不知道該怎麼回答，或者根本不用回答，在這個深夜的酒吧裡，應該不需要對任何話認真吧！

「先生，你認為一個案子最多可以破幾次？」

風衣男又重複了一遍問題，從他鍥而不捨的問話口吻，顯示他清醒得很。

「那你認為呢？」福爾摩斯反問。

理性的福爾摩斯認為瘦子警察說的沒錯，真相只有一個，所以一個案子不可能破超過一次以上。

但感性的福爾摩斯認為胖子警察也沒錯，因為他就曾看過一本叫《最後一案》的推理小說，裡面一共破了三次案。

風衣男說：「我的答案一點也不重要，重要的是你的答案！不過據我所知，有一本叫《毒巧克力命案》的推理小說，總共破了六次案。」

「六次？」福爾摩斯完全沒聽過這本叫什麼巧克力的推理小說。

「沒錯，六次。」

然後，風衣男便自顧自地說起了《毒巧克力命案》這部推理小說的故事梗概。

內容大意是有位先生從朋友那兒得到一盒轉送的巧克力，這位並不愛吃巧克力的先生，把巧克力帶回家給太太吃，沒想到巧克力裡面有毒，太太吃了之後，一命嗚呼。只是這盒巧克力被吃進死者肚子裡之前，被轉送了好幾手，以至於到了最後已經完全搞不清楚歹徒原本要謀殺的對象是誰了。

束手無策的警察只好求助於一個由業餘人士組成的推理社團，沒想到這個社團的六位成員居然找出六個答案，而且最不可思議的是：每一個答案都完美到可以破案……

從風衣男越說越激動的神情看來，很顯然的，他非常喜歡這個故事。

不過當風衣男的「毒巧克力命案」說到故事最精彩，就要接近終點的時候，他突然發覺說故事不是他的任務，因而尷尬地將原本說得口沫橫飛的故事草草結束。

「不管你的答案有幾種都不重要，重要的是……」風衣男從風衣裡掏出一盒用報紙包起來的東西，說：「重要的是……有人要我轉交這個東西給你。」

福爾摩斯打開報紙，是一盒巧克力。

一盒不知道被轉交了幾手，同時也不知道有沒有毒的巧克力。

＊　＊　＊　＊

巧克力有沒有毒不重要，重要的是包著巧克力的報紙，以及裡頭的一封信。

報紙有兩張，一張是六天前刊登「七宗不可思議的罪」的小報頭版。

另一張是小報今天的頭版。

看著小報今天的頭版，福爾摩斯驚訝得說不出話來，因為小報的頭版刊登了一篇作文——天生我才必有用。

作者署名「夏洛克」——福爾摩斯的兒子。

福爾摩斯直接跳到作文的最後一行，想確認這究竟是不是今天才從不快樂女老師那裡看到的兒子作文。

沒有結局，少了最後一段，確實是兒子的作文沒錯。

報紙的編按是這樣下的——

星期二　1866年3月6號

小報

作文課時，老師要夏洛克寫一篇叫「天生我才必有用」的作文，只是當夏洛克寫到最後一段時，卻突然停下筆來，因為他認為「天生我才『未必』有用」，於是他留下尚未完成的作文，離家出走了。臨走前，夏洛克留下一張字條，上面寫著：除非有人可以一次給我「六個」光明的結局，否則我就永遠不回來了。

聰明的你，請拿起筆來，幫幫夏洛克！

福爾摩斯回過頭，打開歹徒給他的信，想搞清楚小報頭版為什麼會刊出兒子的作文。

親愛的奴隸：

看到您上次犯的案子了，關於這件案子，我們只能說您實在是超出我們想像的幽默，居然可以拿兒子的生命來和我們開玩笑。既然您這麼幽默，那麼我們決定效法您，送您一整版的幽默頭條。

幽默的福爾摩斯先生，我想聰明的您應該知道該怎麼做吧！您的兒子正渾身發著抖，等著您完成任務呢！希望後天就能在報紙的頭版，看到您的「六」種光明結局。

您的國王　敬上

* * * * *

回到家後，福爾摩斯在兒子的書桌前，提起筆，試著幫兒子寫下六種光明的結局。每寫一種結局，福爾摩斯就得回頭看一遍瞎了一隻眼睛想自殺兒子的作文。一遍又一遍讀著兒子不快樂的心情，像是一種對不負責的父親的反覆折磨，福爾摩斯的心越揪越緊。

寫完最後一個結局之後，福爾摩斯耳邊突然沒有預警地響起不快樂女老師的話。

或許……每個孩子長大後，都應該重寫一篇「天生我才必有用」，而這一次，沒有老師站在一旁，等著收考卷，改分數。

今天早上，當不快樂女老師這麼說時，福爾摩斯本能地以為那只不過是一種突如其來的感觸罷了。長期不快樂的人什麼都缺，就是不缺漫天蓋地而來的感觸。但他怎麼想也想不到，現在他居然真的動起筆寫「天生我才必有用」。

只不過這一次，成年的福爾摩斯背後還是站了一位看不見的老師，而且比學生時期的老師還要嚴厲，更不留情面。

看不見的老師正等著收福爾摩斯的考卷，幫他改分數。

作文教室 Lesson 4

結尾的六種方法

好的結尾可以救活一篇爛文章，爛的結尾則會拖累一篇好文章。由此可見，結尾在作文裡，佔了舉足輕重的位置。底下，我們同樣用一段簡單的口訣，幫大家歸納出「結尾的六種方法」。

結尾這種東西，「總而言之」就是要「前呼後應」。不過如果你「反問」我，難道非得這樣不行嗎？我會「感嘆」地「引周星馳的言」：「大哥，這一切都是『柔性勸導』，如果您不願意這麼做的話，也不會有人咬你滴！」

◎結尾的六種方法

一、總而言之

將前面提到的重點濃縮，或稍稍改寫，作為總結。常用「總之」、「由此可見」、「綜合上面所述」起頭。舉「如何面對挫折」為例，結尾可以寫成「綜合上面所述，不肯面對挫折就無法取得經驗這把鑰匙，沒有經驗這把鑰匙就無法打開成功的大門……」

二、前呼後應

結尾與開頭互相呼應，除了能強化主旨外，還可使結構完整。例如本書「名作賞析」裡的王盛弘〈相思炭〉，開頭寫：「爺爺去世後，就再沒有人提著相思炭小火爐在前引路了。」結尾寫：「爺爺去世後，不只小孩，大人也都四散，不再有人在前提著一小火爐相思炭，藉著一點星星之火把大家攏聚在一塊兒……」（詳見P177）

三、反問

又叫「反詰法」，利用疑問句作結，讓讀者自己去省思、體會，這種方法往往比作者大聲疾呼還有效。最有名的例子是朱自清〈匆匆〉：「你聰明的，告訴我，我們的日子為什麼一去不復返呢？」

四、感嘆

利用惋惜、感傷，或者讚嘆的語氣作結，讓讀者與自己產生情感的共鳴。例如本書「名作賞析」裡的隱地〈到林先生家作客〉的結尾：「我們曾經年輕，如今雖然和青春漸行漸遠，但我們擁有快樂的記憶，我們還有什麼不滿足的呢！」（詳見P149）

五、引言

所謂引言，和「開頭的七種方法」裡的「名人背書」大同小異。唯一比較不一樣的地方，在於結尾所引的話，不一定是名言，也有可能是前面提過的話。例如本書「名作賞析」裡的吳晟〈遺物〉：「如母親所說：『真正會想念的，不必看到相片也會時常想念；不認得的，只看相片也無用的。』」作者之所以重新提及母親的話，原因是隨著年紀的增長，對同樣一句話，有了不同的體會。

六、柔性勸導

用溫和、誠懇的話語來說服他人，或者互相勉勵。舉「成功的背後」為例，結尾可以寫成「朋友啊，挽起你的袖子吧！成功得拿你的汗水來換……」

底下是福爾摩斯的兒子夏洛克缺了結尾的作文「天生我才必有用」，現在就讓我們練習用「結尾的六種方法」來幫它結個尾：

天生我才必有用

如果有人把我們的眼睛矇上，那我們還能看見什麼？是一片無邊無際的黑暗，還是永無止境的失望。

在我七歲那年，有一次去河邊游泳，回來之後沒多久，右眼就被一種我到現在還叫不出名字的細菌感染。雖然媽媽帶我去看了很多醫生，但最後我的右眼還是失明了。雖然從外表上看不出來我瞎了一隻眼睛，但只要我遮住另一隻眼睛，我就是個徹徹底底的瞎子了。每天，我都處在一種另一隻眼睛搞不好早就受到感染，很快就會看不見的恐懼中。有很長一段時間，我每天想自殺。

這樣每天擔心受怕的日子，一直到了十二歲那年，我看了一本叫《生命的眼睛》❶的名人傳記之後，才開始有了一百八十度的轉變。《生命的眼睛》作者是一位盲眼律師，他從小就失明看不見，即使努力考上大學，還是有人嘲笑他就算大學畢業還不是要去幫人家按摩。大學畢業後，他連一份最卑賤的工作都找不到，沮喪的他還因此得了憂鬱症。只是這一切並沒有打倒他，因為他有一個愛他的媽媽，盲眼律師的媽媽每天幫他將課本上的法律條文用錄音機錄下來，好讓兒子能夠反覆地聆聽複習。就這樣，在媽媽和他自己的努力不懈下，終於考上律師。盲眼律師用他的雙手代替雙眼，證明只要不放棄自己，即使在逆境中也充滿了各式各樣的希望。

……

❶生命的眼睛：李秉宏著，聯合文學出版。

一：總而言之

綜合上面所述，只有傻瓜才會在缺陷的小房間裡不停打轉，忘了打開另一扇門去瞧瞧不一樣的風景。天生我才必有用，只要肯好好努力，一定可以走出一條屬於自己的康莊大道。

二：前呼後應

如果我們不幸，一生下來就必須一輩子在黑暗中漫舞，我們也一定可以把自己的舞步，變成這個世界上最美麗的風景。如此看來，「天生我才必有用」這句話絕不是拿來安慰人的口號。

三：反問

從上面的例子看來，誰還有資格為自己的缺陷，每天垂頭喪氣、埋天怨地呢？不知道聰明的你，找到上帝為你開的那扇窗了嗎？

四：感嘆

永遠不放棄自己的人，才有機會發現其實每個人都是一株最獨特的玫瑰。反之，如果因為一點小挫折就頹靡不振，那麼總有一天，我們一定會被無邊無際的黑暗給吞噬呀！

五：引言

科學家居里夫人曾經說過：「生活中沒有什麼可怕的東西，只有需要理解的東西。」

只要理解自己的與眾不同，那麼人生中每個要命的缺憾，日後都有可能變成最美麗的發光體。

六：柔性勸導

我最親愛的朋友，把憂鬱留在世界的盡頭吧！青春正盛的你，可別辜負了人生中的每一道風景，徒留追不回的遺憾。外頭的陽光正燦爛著呢，把窗子打開，讓我們一起看雲去！

◆練習題

底下有一篇以「付出與收穫」為題的作文，尚缺最後一段沒有完成，請你用「結尾的六種方法」，完成這篇文章。

付出與收穫

付出與收穫，就像種子與果實，沒有種子，就不會有果實，儘管中間經歷許多過程，但是，願意付出，種下種子的人，總是會有收穫的。

有一個耳熟能詳的小故事——「螞蟻與蟋蟀」就是在述說付出和收穫，螞蟻夏天和秋天時勤奮工作，貯備糧食；蟋蟀則終日玩樂，毫無準備，而當嚴寒冬日來臨，飢寒交迫的蟋蟀就這樣死去，一切都只因牠不懂付出！反觀螞蟻，牠們犧牲遊玩的時光，這是牠們付出的代價，然而，可以安心渡過冬天，便是牠們的收穫。

有付出就有收穫，那麼「不勞而獲」呢？不費吹灰之力便得到的東西，人們往往不去珍惜，古人說：「富不過三代」，就是因為後代子孫從小生長在富裕環境，吃是山珍海味，穿是綾羅綢緞，完全不了解錢財得來不易，當然就任意揮霍，以致坐吃山空。而辛勤換來的成果，人們便會小心翼翼地運用，這畢竟是用自己的血汗所換取的報酬，總會特別珍惜。

可是有時候，明明耗費了無數心血，得來的卻不一定是對等的。比方說農夫細心照料許久的作物，眼看就要收成，卻因一場大雨而全數泡湯，這樣的付出與收穫完全不相等。但是，農夫真的毫無收穫嗎？他也許能記取教訓，未雨綢繆，舊事便不會再重演，收穫並非都是實質上的，得到的經驗，增長的知識，都算得上是收穫。

請寫下最後一段……

（本文摘自96年國民中學學生寫作測驗·6級分試題示例）

CHAPTER 5

德文郡的人體經絡圖

停滿了汽車的大道上，福爾摩斯注意到有人正在跟蹤他。

從一輛接著一輛汽車的後視鏡中，福爾摩斯看到兩名國中生鬼鬼祟祟跟在他後頭，是幾個星期前鸚鵡凶殺案的那兩名國中生。

福爾摩斯正想透過他們來尋找不協調女子，沒想到對方就自動送上門來了。

從他們怪異的表情、扭捏的肢體，以及手上不像是要去打棒球的球棒看來，他們應該是要來搶劫的。

福爾摩斯一眼就看出這兩名國中生是新手，而且帶的是不足以致命的武器，所以「藍色的燈」應該不會亮。

德文郡的警察局牆上有一幅巨大的壓克力地圖，地圖上詳細標明了德文郡知名、不知名的街道巷弄，地圖底下則像人體血管一樣，密布了各種不同顏色的小燈，紅燈一亮代表發生凶殺案，橘燈一亮代表發生強暴案，藍燈一亮代表發生搶劫，白燈一亮代表發生交通意外……至於其他顏色代表什麼，只有警察才搞得清楚，一般人只知道燈一亮，就代表有人受傷或死亡。

警察們管牆上的壓克力地圖叫「德文郡的人體經絡圖」。

如果你碰巧在月底看到「德文郡的人體經絡圖」，那你會誤以為那根本就是一個百病齊發，回天乏術的病人。所以每到月底，警察們就會把地圖上的燈全部關掉，重新來過。

德文郡每個月徹底死亡一次，徹底重生一次。

福爾摩斯一派輕鬆地哼著歌，他知道問題不大：拿槍的，有拿槍的應付方法；空手的，有空手的對付手法。再過一會兒，這兩名國中生就會知道搶劫沒有他們想像中的難，也沒有想像中的容易。因為對新手而言，一切都是機遇戰。只是很不幸的，他們抽到的是下下籤，第一次出場就遇到難纏的。

兩名國中生竊竊私語，各自從背包裡拿出面具戴上，福爾摩斯知道他們就要行動了，他雙手交叉置於胸前，右手暗暗握著一支被衣服擋住的警棍。

對付他們，警棍就夠了。

殺——

兩名國中生高舉著球棒，像握著武士刀那樣，怪叫著朝福爾摩斯衝了過來。

福爾摩斯沒有轉過身，還是維持著先前的步伐繼續往前走，他從眼角餘光以及對方的腳步聲響，衡量出手的時機，五、四、三、二——

福爾摩斯一個側身，閃進汽車與汽車之間的夾縫，蹲了下來，伸出警棍絆倒其中一名國中生。

另一名撲了個空的國中生看情況不妙，立刻拔腿就跑。

這兩名國中生不只是新手，而且連一點作惡的天分也沒有。

被絆倒在地上的是啞巴國中生。

啞巴其實不是啞巴，他只是有一種異於常人的生理特質，只要發生了事前沒料想到的事，瞬間他的聲帶就會像被人割斷一樣，完全發不出聲音來，因而變成一個暫時的啞巴。

但只要事情一過，啞巴就會恢復正常。

沒辦法，福爾摩斯只好靜靜地陪著啞巴度過無法言語的安靜時光，他有話要問他。

夏洛克的年紀大概和啞巴差不多吧！兒子長什麼模樣？福爾摩斯像玩魔術方塊一樣，不停地轉動兒子的五官，每轉出一張陌生的臉，就配給他一個性格。福爾摩斯知道什麼樣的五官，該搭配什麼樣的性格。

轉著轉著，福爾摩斯好幾次差點轉到啞巴的性格上。

他嚴正地提醒自己絕對不能讓兒子配上啞巴的性格。不是因為他容易受到驚嚇，而是他只能和欺負他的人交朋友。這種人格特質是所有凶殺案裡最無辜、也最該死的犯人。無辜的是他們根本連一點犯罪的動機都沒有，該死的是他們居然被一點說服力都沒有的友情利用，而犯下滔天大罪。

福爾摩斯停下腦中的魔術方塊，瞄了啞巴一眼，不料正好和他的眼神相撞。

啞巴低下頭，怯怯地說：「對……對不起……我……」

福爾摩斯溫柔地打斷他的話：「孩子，幫我一個忙，一切一筆勾銷。」

啞巴點點頭，他沒想到對方會這麼說。

福爾摩斯：「那一天在公園裡，打了你朋友一巴掌的人是誰？」

啞巴：「她？……她……是我的……」

啞巴說了一個讓福爾摩斯驚訝不已的答案。

＊　＊　＊　＊　＊

啞巴帶著福爾摩斯來到一棟老舊公寓門口。

「我家到了。」啞巴東張西望之後，說：「我先進去，五分鐘後，你再按門鈴。對了，千萬不要說是我帶你來的。」

看著啞巴龜龜縮縮走進自己家門，福爾摩斯搖搖頭嘆了口氣，看來啞巴真的很怕不協調女子，他的母親。

這裡面藏著兩個矛盾。

啞巴的同學屢屢威脅他，可是他卻從來不覺得受威脅。

不協調女子從沒威脅過他，可是他卻覺得備受威脅。

矛盾通常會演變成悲劇，沒有人可以阻止這種悲劇，因為它不是意外，而是早已種下的惡果，我們只能期望悲劇不要太早到。

從啞巴東一句西一句的破碎敘述裡，福爾摩斯拼湊出來的答案是：不協調女子就是當年和伊莎貝拉去採訪他的同學，珍。

五分鐘後，正當福爾摩斯要按門鈴的時候，不協調女子推開門出來了。

當不協調女子看到福爾摩斯那一剎，她臉上瞬間出現了複雜、古怪的表情。從這個表情，福爾摩斯確定她就是珍沒錯。

珍一開口就說：「你遲到了。」

「遲到？」福爾摩斯心想，她知道我會來？

珍邊說，邊領著福爾摩斯進門：「沒錯，遲到了十三年。十三年來，伊莎貝拉他們母子在德文郡這個該死的地方等著，等著一個不存在的丈夫、虛構的父親，等到如今他們出事了，你才出現，難道不會太晚了嗎？」

福爾摩斯一驚：「妳知道他們失蹤了？那妳知道伊莎貝拉他們去哪了嗎？」

珍淡淡地吁了一口氣：「不重要了。」

福爾摩斯察覺眼前的珍和十三年前看到的那個沉默害羞的女孩完全不一樣了。

珍：「重要的是那一天晚上，你離開德文郡之後發生的事。」

珍把那一天晚上過後發生的事，一五一十地告訴福爾摩斯。

珍：「……伊莎貝拉挺著大肚子被趕出家門，一個人孤伶伶地把孩子生下來之後，居然獨立開起了偵探社。你應該知道作為一名偵探，光有推理能力是不夠的。伊莎貝拉辦案過程中，三年內總共遭到包括一名黑人女子在內，十一名歹徒的七次襲擊。」

「十一人？七次？」福爾摩斯驚呼，他想起稍早偷襲他的兩名高中生，「伊莎貝拉太倔強了，她居然在遭到襲擊七次之後，才放棄成為一名偵探。」

「沒有人知道伊莎貝拉為什麼突然開起偵探社，知道內情的人只有我，以及她的哥哥。」

「伊莎貝拉有哥哥？」

珍點點頭：「如果不是她哥哥，伊莎貝拉母子早就流浪街頭了。」

「伊莎貝拉的哥哥是……幼稚園園長？」福爾摩斯想起七年前，那個為了歡迎他，而精心準備了一場奇怪的兒童凶殺案的園長。

「你怎麼知道？」

福爾摩斯苦笑：「我早該猜到的。」

「伊莎貝拉的哥哥曾來找我，他不相信他最愛的妹妹會突然跟一個從沒聽過名字的混混有了孩子，而且居然還莫名其妙地開起了偵探社。」

「你告訴他了？」

「沒錯，我一點都沒有猶豫，因為真正關心伊莎貝拉的是她哥哥，而不是你。」

現在，福爾摩斯一點一滴拼湊起來了，那張支離破碎的照片，以及背面的簽名全是伊莎貝拉的哥哥偽造的，目的是為了讓伊拉貝拉痛恨福爾摩斯。唯有「恨」，才能把他妹妹拉回到正常的軌道。

珍繼續說：「伊莎貝拉不是一時衝動才想當偵探的，她很清楚偵探沒有那麼簡單，為了開業，她費盡千辛萬苦地練合氣道、考駕照、受最嚴謹的射擊訓練……最後她之所以放棄是因為……因為……最後一次襲擊她的歹徒是……是……你。」

福爾摩斯：「我？這怎麼可能？這些年來，我一次也沒見過伊莎貝拉。」

珍：「這件事恐怕連你自己也不清楚。你知道這個世界上有一個神祕組織叫『福爾摩斯』嗎？它隸屬於英國政府，任務只有一個，那就是保護你。」

福爾摩斯：「保護我？」

珍：「因為你的高知名度，再加上屢破奇案，以至於產生了一種奇怪的效應，也就是不管是真是假，一年到頭都可以在各大報紙上看到『福爾摩斯偵破不可思議的奇案』之類的誇大新聞。就像這個。」

珍順手拿了一本學生的作文給福爾摩斯看。

※老師說：「為什麼不交作業？」	
加油添醋之後──	
※老師氣得咬牙切齒，抓起藤條，說：「為什麼不交作業？」	

一個單純不帶任何情緒的句子，卻因為加油添醋，而變成了一隻「魔鬼似的、全身冒著火」的幽靈犬。

◎加油添醋三部曲（※詳見後文「作文教室」）

一、加入情緒

二、加入表情

三、加入動作

珍：「這類加油添醋的新聞讓市井小民產生了一種錯覺：這個國家的治安還不錯嘛。事實上，人們搞錯了，破案的孿生兄弟是犯案，一個破案英雄的後面，通常站了九個犯案的流氓。」

福爾摩斯點點頭，珍說的沒錯，只是需要再補充一下。九個流氓背後，其實還站了足足有一整排那麼多的混混，只是他們幹的好事沒有被發現罷了，就像啞巴和他的同學一樣。

珍：「事實上，英國早就充斥著各式各樣的死亡，徹徹底底成為一個沉淪帝國了。說好聽一點，每個搖搖欲墜的國家都需要一個英雄，而這個國家的英雄就是你。說難聽一點，你是英國政府的遮羞布。為了拉長遮羞布的使用期限，英國政府花了大把的銀子成立了『福爾摩斯』，只為你一個人服務的地下組織。」

福爾摩斯打了一個冷顫，不自覺地轉頭，他沒想到自己的背後居然充滿了監視的眼睛。

珍：「所以只要有任何危及你人身安全的人事物，都會被這個組織暗中排除掉。你仔細想一想，在你的辦案過程中，是不是極少遇到凶險？難道你不覺得這對一個長期暴露在黑暗世界，而且仇家多到不行的偵探而言，完全不合理嗎？」

聽珍這麼一說，福爾摩斯這才想通，為什麼離家幾百里，還是可以在路上走著走著，就突然有個人冒出來，拿著少女的家書給他。原來不是徵信社神通廣大，而是因為……它也是「福爾摩斯」這個組織的一部分。

珍：「有一次，伊莎貝拉意外發現有人長期跟蹤你，而且不只一個人，於是她展開調查，這才慢慢揭露『福爾摩斯』這個組織的祕密。只是『福爾摩斯』也不是省油的燈，他們反過來在伊莎貝拉的頭上敲出一個大洞，並且警告她，如果不是因為她與福爾摩斯關係特殊，為了不讓祕密外洩，他們會不惜代價殺了她。知道了嗎，伊莎貝拉完全是為了你才放棄偵探這個夢想的。」

福爾摩斯難以置信：「那……後來呢？」

珍：「後來我介紹伊莎貝拉到國中教作文。」

教作文？這個行業和偵探差得真遠。福爾摩斯想起不快樂女老師。

珍：「說來你可能不信，事實上，作文恐怕是最接近偵探的一種行業。」

福爾摩斯轉念一想：也對！這些日子以來，自己不就是用作文和綁架兒子的歹徒周旋嗎？還有，上一次在公園見到珍時，她用來破案的方法，正是作文裡的「七何法」。

福爾摩斯點點頭：「我相信。我見識過妳用作文破案的能耐了。除了推理能力之外，妳還擁有像伊莎貝拉一樣的……勇氣。」

珍搖搖頭苦笑：「勇氣？事實上，我怕死這些學生了，他們比我高大，充滿不確定性，你永遠不知道他們在想什麼，他們會做出什麼可怕的事來。我唯一能做的就是把自己武裝起來，讓他們對我產生畏懼，就像我恐懼他們一樣。」

一陣沉默之後，珍才幽幽地說：「生活是最殘酷的老師，它會一點一滴教會我們，如何把自己一片一片撕碎，然後重新拼湊、改裝，唯有如此，人生才活得下去。」

那麼……伊莎貝拉這些年來，被生活這個老師教成什麼樣子？福爾摩斯最想知道的是這個問題。

珍：「從學生時代起，你就是伊莎貝拉的偶像，一直都是。但她有一種奇怪的性格，那就是她沒辦法用崇拜的心情和你對話，她必須找到一個合理的『否定你』的方法，否則面對你的時候，她會羞得說不出話來。這和我不管面對誰都一樣的害羞個性不一樣。所以她才會跟你辯證『你從阿富汗來』究竟是觀察出來的，還是推理而來的。然而奇怪的是，自從那一夜伊莎貝拉採訪完你之後，她就完全變了一個人似的，漸漸變得沉默寡言起來。知道內情的人，明白她其實是一個人歡愉地沉浸在自己的世界裡，不知道內情的人，還以為她發生了什麼意外，才會有如此巨大的改變。」

福爾摩斯回想起那一夜，他沒有想到伊莎貝拉是用這樣的心情和他在一起的。

珍：「所以，我有一種很奇怪的感覺，那一夜過後，伊莎貝拉一瞬間變成了我，而我卻慢慢地變成了伊莎貝拉。」

雖然當時對珍的印象不深，但福爾摩斯還記得一整個採訪過程中，珍始終低著頭沙沙地記錄著什麼的羞澀模樣。

福爾摩斯輕輕地嘆了口氣：「唉，我不知道這些年來發生了這麼多事。為什麼伊莎貝拉從不提關於她自己的事呢？對了，我今天來的主要目的是……，妳知道……伊莎貝拉去哪裡了嗎？」

珍帶著怒意，直直盯著福爾摩斯：「我剛才說了，生活是最殘酷的老師。這些年來，伊莎貝拉已經被它教成了……」她搖頭苦笑，欲言又止，「算了，事實上你已經見過伊莎貝拉了。」

福爾摩斯驚駭：「見過？」

珍：「就在你上次去的那一所國中。」

福爾摩斯：「等等，妳的意思是……」

珍：「沒錯！你看到的那個女老師就是伊莎貝拉。」

福爾摩斯驚呼：「怎麼可能？如果她是伊莎貝拉，我不可能認不出來。還有，她沒有理由刻意隱瞞身分啊！」

珍搖搖頭：「不，這是你的問題，因為伊莎貝拉並沒有易容或戴面具。」

福爾摩斯感到一陣暈眩，十八歲少女就是不快樂女老師？怎麼可能？他喚出怎麼看都像是自從童年的某一天開始就不快樂的女老師——微微仰起臉，不敢直視人的眼睛，已經開始駝背，對人生充滿困惑的寂寞身影。緊接著又叫出記憶中聰明、熱情，對人生充滿希望的十八歲少女。

福爾摩斯一一比對：她們的眉、她們的眼、她們的耳朵、她們的鼻型、她們的嘴角、她們說過的每一句話……

不快樂女老師一臉冷漠：「當你在這樣的班級待久了，你就會麻木地告訴自己：有人來、有人去……，沒有任何一件事值得大驚小怪。」

十八歲少女板起臉：「福爾摩斯先生，你剛才說『凶殺案不適合我們這個年齡的女孩子』，這句話聽起來好像不怎麼禮貌喔。」

不快樂女老師：「夏洛克瞎了一隻眼睛，每天都想自殺。你問我這件事是真的還是假的？我告訴你，孩子的作文不可信，但夏洛克這個孩子和其他孩子不一樣。」

十八歲少女：「如果是獅子、老虎，我可能還有些怕，至於什麼『魔鬼似的、全身冒著火』，那不過是誇大的形容詞。形容詞有什麼好怕的？」

不快樂女老師：「我問夏洛克，為什麼不把『天生我才必有用』這篇作文寫完，你知道他怎麼說嗎？他說，再寫下去就通篇都是謊言了。」

十八歲少女：『「不可能」的事永遠不會發生，至於「不太可能」的事……，眼前就發生了一件。』

十八歲少女突然湊上前來，親吻福爾摩斯的臉頰。

啊——

福爾摩斯尖叫出聲。

沒錯，十八歲少女就是不快樂女老師。

作文教室 Lesson 5

加油添醋三部曲

寫作就跟演戲一樣，不會寫作的人寫出來的作文，就像不會演戲的木頭人一樣，呆板無趣。

究竟該如何讓平板的作文生動起來呢？演技派明星說：只要掌握三個重點就行了——內在情緒、臉部表情、外在動作。

沒錯，寫作也一樣，只要由內而外，三個步驟，加入內在情緒、臉部表情、外在動作，就可以讓每個句子都活靈活現起來。

◎加油添醋三部曲

步驟一、加入內在情緒
步驟二、加入臉部表情
步驟三、加入外在動作

一、內在情緒

看不見的內在情感。例如喜悅、憤怒、悲傷、恐懼、害羞、自責、苦惱等。

二、臉部表情

因內在情緒的影響，而反應在臉上的神情。例如齜牙咧嘴、瞠目結舌、面面相覷、目光炯炯、賊頭賊腦、面如死灰、語無倫次、滿面春風等。

三、外在動作

看得見的行為舉止。例如躡手躡腳、姍姍來遲、打恭作揖、抱頭鼠竄、一個箭步、踟躕不前、翩翩起舞、渾身發軟等。

底下，讓我們以「老師說：『為什麼不交作業？』」這句中性的句子為例，練習如何加油添醋：

一、加入內在情緒

老師生氣地說：「為什麼不交作業？」

二、加入臉部表情

老師氣得咬牙切齒，說：「為什麼不交作業？」

三、加入外在動作

老師氣得咬牙切齒，抓起藤條，說：「為什麼不交作業？」

◆練習題

請分別用兩組不同的語氣，幫底下這些中性的句子加油添醋。

一、他說：「我愛你。」

二、小弟弟說：「我的媽媽不見了。」

三、媽媽說：「你的外婆過世了。」

CHAPTER 6

無邊無際的謎團

從珍的家裡出來之後，天色已經暗了。

心神恍惚的福爾摩斯一下子老了好幾歲，一時之間，他只覺得天地茫茫，不知該何去何從。為什麼印象中永遠十八歲的少女伊莎貝拉會突然變成如今這副模樣。

走著走著，空蕩蕩的大街突然響起珍的聲音：「生活是最殘酷的老師，它會一點一滴教會我們，如何把自己一片一片撕碎，然後重新拼湊、改裝，唯有如此，人生才活得下去。這些年來，伊莎貝拉已經被生活這個殘酷的老師教成了……」

珍知道事情的所有內幕，但她不肯告訴福爾摩斯。

珍：「你沒有資格這麼輕易就知道，你必須拿代價來換。」

福爾摩斯：「什麼代價？」

「折磨。」

「折磨？」

「沒錯，折磨。日日夜夜的折磨。」

這些年來，伊莎貝拉究竟發生了什麼事？是夏洛克瞎了一隻眼，每天想自殺這件事日日夜夜折磨著她嗎？

為什麼伊莎貝拉的家書，從沒提過這些灰暗的事？她為什麼只挑兒子的光明面記錄？

福爾摩斯心底有一連串的疑問。

珍：「對了，這是伊莎貝拉要我轉交給你的東西。」

是一張泛黃的照片，照片裡是一片無邊無際的大海。

福爾摩斯：「這是……」

珍：「我也不知道這張照片代表什麼意思，不過伊莎貝拉說你知道。」

「我知道？」福爾摩斯反覆看著照片裡的大海，以及背後的字句，就是想不起來這代表什麼意思。

■大海的六張臉

眼：看到浪花在海面上追逐嬉戲

耳：？

鼻：？

舌：？

身：？

心：？

◎繪聲繪影六法門（※詳見後文「作文教室」）

最後，珍望向窗外，幽幽地說：「現在，夏洛克被關在一個黑暗的房間，在那個房間裡，夏洛克不能看、不能聽、不能聞、不能嚐、不能觸摸、不能感覺，眼耳鼻舌身心都被……」

福爾摩斯：「都被怎麼了？」

珍：「都被歹徒割掉了。」

福爾摩斯瞬間寒毛直豎，他想起「國王與奴隸」的遊戲：如果奴隸沒有完成國王交代的任務，國王就有權力摘掉奴隸身上一個器官。一個星期前，電話裡的歹徒威脅福爾摩斯：「如果你不想玩這個遊戲的話，那麼你現在就可以在電話裡跟你兒子的眼睛、耳朵說拜拜了，或者用文雅一點的說法，告別，永遠的告別……」

難道……？

福爾摩斯追問珍：「妳說黑暗的房間、眼耳鼻舌身心、割掉，這是什麼意思？」

珍冷冷地說：「這是我所能告訴你的極限，剩下的，你必須自己去找答案。你走吧！」

從珍的語氣聽來，她似乎知道夏洛克在哪兒。

走在大街上，福爾摩斯一而再，再而三地問自己：

如果在一個黑暗的房間，我會看到什麼？

如果在一個黑暗的房間，我會聽到什麼？

如果在一個黑暗的房間，我會聞到什麼？
如果在一個黑暗的房間，我會嚐到什麼？
如果在一個黑暗的房間，我會觸摸到什麼？
如果在一個黑暗的房間，我會感覺到什麼？
不對，在黑暗的房間，或許看不見東西，但還是可以聽、可以聞、可以嚐、可以觸摸、可以感覺啊！
珍為什麼會這麼說？黑暗的房間究竟指的是什麼？
是誰綁架了夏洛克？
歹徒的動機是什麼？
與歹徒周旋的過程中，自己為什麼會用「作文」這個怪異的武器呢？
等等！福爾摩斯突然想起伊莎貝拉就是作文老師。難道……她就是歹徒？
不對！歹徒給我的任務是「一天之內把同一個人殺死七次，而且每次死法都不一樣」，是我自己把它寫成作文的。
可是我為什麼會想到用「作文」來解決這個難題呢？
那是因為兒子的房間裡正好出現了作文練習簿，而且開頭的第一頁就寫著「一張舊照片——開頭的七種方法」，更巧的是半掩的抽屜裡居然就有一張兒子的死亡練習照。

這一切都是暗示?!
歹徒（真的是伊莎貝拉？）暗示我，一步一步朝她所設下的圈套走去。
伊莎貝拉的動機？（報復我的無情？如果是的話，那為什麼是十三年後的今天？）
伊莎貝拉（歹徒？）要一步一步把我引導到哪裡去？
還有，歹徒（伊莎貝拉？）為什麼這麼久沒有下一步的行動？
突然，在街的轉角，福爾摩斯看到好幾名油漆工正忙著在塗鴉謎題下塗塗寫寫。
福爾摩斯上前問：「請問你們在……？」
油漆工甲：「我們在公布正確答案。」
「正確答案？」福爾摩斯看了，差點笑了出來。

如果你一手有5顆蘋果和6顆橘子，另一手有6顆蘋果和5顆橘子，請問你擁有什麼？
答案：這代表你有一雙很大的手。
如果雙手連續吊在楊桃樹上一天一夜，請問你會得到什麼？
答案：這代表你會得到一雙很瘦的手。

油漆工乙：「上頭說只要把答案公布出來，這些原本雜草一般，到處亂長的謎題就會自然而然地枯萎死去。」

油漆工甲：「可能嗎？你看這些答案根本是在搞笑嘛！」

油漆工乙：「你懂什麼，上頭說只要把這些找不到答案的謎團變成有標準答案的問題之後，它們就會從活的變成死的，沒有人對死的東西感興趣。」

油漆工甲：「怎麼可能這麼厲害？」

油漆工乙：「就是這麼厲害。」

福爾摩斯好奇：「這是誰想到的方法？」

油漆工甲：「先生，我看你一定是外地來的ㄏㄡ，連這也不知道。我們警長請了大名鼎鼎的福爾摩斯來幫忙，你想除了他之外，還有誰。聽說他只花了三分鐘就想到了破案的方法。」

福爾摩斯：「你怎麼知道？」

油漆工甲：「我怎麼不知道，報紙都刊出來了，你看。」

油漆工甲從油漆桶底下抽出一張沾滿油漆的報紙，報紙頭版上寫著：福爾摩斯三分鐘破奇案。

繼續往下看，報上說福爾摩斯只花了三分鐘，就想到破案的方法，而且他還故作神祕地不說出來，只留下一張字條。報紙右上角果然有一張字條的照片，字條上面寫著：

貝克報

星期四　1866年3月8號

對人們而言，無邊無際的謎團將是最大的折磨，所以你必須給他們一個標準答案，即使是錯的也無所謂。

福爾摩斯

福爾摩斯心想媒體也太誇張了，連字條都虛構出來了。隨即，他覺得不太對勁，因為字條上的話似曾相識。

沉思了半晌，福爾摩斯腦海裡隱隱約約響起兩個人的對話。

「福爾摩斯先生，在你的心中有沒有永遠破不了的奇案？」

「當然有！就像……『巴斯克維爾獵犬』就是我沒辦法破的案子。」

「等等，什麼意思？這個案件不是已經破了嗎？」

「我指的是數百年前那隻傳說中的幽靈犬，由於牠已經不可能再犯案了，沒有犯案就沒有罪證，所以在條件不足的情況下，再厲害的偵探也無能為力。」

「原來是這樣啊！」

「沒錯，對一個偵探而言，無邊無際的謎團將是最大的折磨。」

伊莎貝拉點點頭，在筆記本寫下：「不再犯案、條件不足、永遠破不了的懸案、無邊無際的謎團、最大的折磨。」

不會吧，字條是伊莎貝拉寫的？福爾摩斯腦中的火花滋滋作響，斷線的地方就要連起來了——

伊莎貝拉。無邊無際的謎團。最大的折磨。不可能再犯案。夏洛克。黑暗的房間。不能看、不能聽、不能聞、不能嚐、不能觸摸、不能感覺，眼耳鼻舌身心都被割掉……

「死亡？自殺！啊！我懂了！」

福爾摩斯突然大喝一聲，嚇得兩名油漆工濺了滿地的油漆。

他四下望了望，順手牽了一輛停在路邊的腳踏車，就直往伊莎貝拉的住處飛奔而去。

＊　＊　＊　＊　＊

來不及了，所有的一切都被一把大火燒光了。

伊莎貝拉母子的家如今已經成了一座冒著灰煙的廢墟了。

空氣中傳來燒焦的氣味，以及陌生人的哭泣聲。

大火把伊莎貝拉他們母子吞噬了？福爾摩斯愣愣地站在火場旁，緊緊握著雙拳，渾身發抖，喃喃自責：都是我的錯、都是我的錯……

許久之後，突然有人拉了拉福爾摩斯的衣角。

「先生，先生，先生……，有您的信。」

一連拉了好幾次之後，福爾摩斯才回過神來，拉他衣角的是一名小孩，他手裡正拿著伊莎貝拉每個月一封的家書。

福爾摩斯急忙問：「誰交給你的？」

小孩指著前方一個穿著黑色風衣，消失在人群裡的陌生人，說：「他。」

福爾摩斯知道追不上對方了，只好打開信來看。

親愛的敵人：

在這場「國王與奴隸」的遊戲中，你徹徹底底的輸了。

因為你想解救的人質，如今已經被關在一個黑暗的房間，在那個房間裡，不能看、不能聽、不能聞、不能嚐、不能觸摸、不能感覺，眼耳鼻舌身心都被……被歹徒割掉了。

人質早就被撕票了。

事情得從六年前，夏洛克七歲時說起。

有一天，我收到一封意外的來信，信上說我的哥哥（你曾見過他一面，在夏洛克就讀的幼稚園，他是那所幼稚園的園長）死於一場交通意外，意外發生時，他手裡正緊緊握著一張照片，就是你後來看到的那張「夏洛克死亡練習照」。

奇怪的是，這張照片是被人撕碎後重新拼湊起來的。

翻到照片的背面，我嚇了一大跳，因為上面寫了一行字——拍攝者福爾摩斯。

一遍又一遍看著你為兒子拍攝的照片，我忍不住激動落淚。這些年來，我們母子所受的委屈都值得了，這張照片讓我堅信你深愛夏洛克、深愛我們母子，只是你的愛不能輕易曝光。

只是我始終不明白為什麼你的愛是「支離破碎」的。

雖然我一直小心翼翼，不讓夏洛克知道有這麼一張照片，但我看著照片落淚的頻率實在太高了，以致於一不小心就洩了底。

這張照片讓夏洛克開始對自己的身世感到疑惑。

疑惑是通往真理的道路。

夏洛克繼承的不只是你的名字，同時也繼承了你的推理能力！正是你遺傳在他血液裡的推理能力，把他一步一步往死亡推去。

夏洛克開始背著我去尋找當年的血案，試圖從當年的舊報紙中，一點一滴拼湊出他那不存在的父親，最後他合理地懷疑「夏洛克‧福爾摩斯」才是他真正的父親。

就這樣，天真的夏洛克帶著破碎的照片和無窮的希望，一個人搭車到倫敦找你。

這時，意外發生了。

一場莫名其妙的交通意外，結束了夏洛克短短的七歲生命。

（當時，我居然沒有把夏洛克和我哥哥的死聯想在一塊兒，他們的死因都和那個該死的地下組織，偉大的「福爾摩斯」有關。只是……知道了又能怎樣，一個弱女子如何對抗一整個國家？）

一開始，我還自欺欺人地告訴自己，這是夏洛克的命，所以我不能怨、不能恨、不能傷害你。

從此，每天早上睜開眼睛，我告訴自己一遍：不能怨、不能恨、不能傷害你。

每天晚上閉上眼睛，我提醒自己一遍：不能怨、不能恨、不能傷害你。

每個月提筆寫信給你的時候，我警告自己一遍：不能怨、不能恨、不能傷害你。

於是，我開始幻想如果夏洛克還在的話，今天他會想些什麼，明天他會做些什麼，然後每個月一次像虛構小說那樣，寫信告訴你夏洛克這個月發生了什麼事，下個月計畫做什麼事，好像他依然天真地活著。

事實上，我怨、我恨、我想傷害你，因為關於夏洛克一個月一個章節的虛構故事，對我而言，慢慢變得像是一場又一場完全不連貫的惡夢。

生命沒有盡頭，惡夢的盡頭就不知道在哪裡。

當每一分每一秒都變成永恆，一年就足以把一個少女催老。

這樣的時光，足足折磨了我六年。

半年前，我的惡夢終於醒了——我收到一封遲到了好幾年的信，寫信的人是我的哥哥，這封信原本應該和「夏洛克死亡練習照」一起寄到的，但卻陰錯陽差地，一個以「愛」的名義，一個以「恨」的姿態來到我的手中。

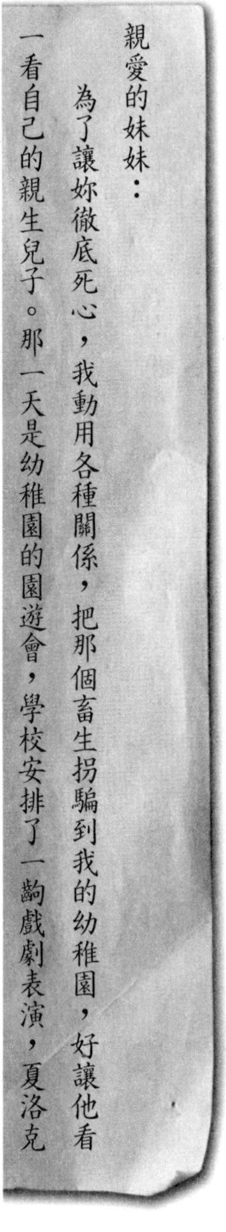

親愛的妹妹：

為了讓妳徹底死心，我動用各種關係，把那個畜生拐騙到我的幼稚園，好讓他看一看自己的親生兒子。那一天是幼稚園的園遊會，學校安排了一齣戲劇表演，夏洛克扮演的是一個死人。我刻意在一旁暗示那個畜生，躺在臺上的孩子的父親是六年前死於轟動德文郡「巴斯克維爾獵犬」案件的受害者，正因為破案者是大名鼎鼎的夏洛克・福爾摩斯，所以孩子的母親為了報恩，故意將兒子取名為「夏洛克」。

當我說完這段話的時候，那個畜生突然露出一種慈愛父親的神情，拍下夏洛克的身影，這個舉動讓我一度以為是我誤會那個畜生了，父子親情終究是無法割捨的，但事情後來的發展卻令我十分憤怒。那個畜生離開幼稚園後不久，立刻恢復了他無情的本性，為了怕這張照片洩漏了什麼難堪的秘密，他竟然狠心地將它撕碎丟進垃圾桶，幸好被我撿了回來，重新拼湊起來。

看到這張支離破碎的照片，我想妳應該對他徹底死心了！

愛妳的哥哥

現在你懂了吧！這封信殘忍地揭露了事實的真相，這張默默支撐著我承受這一切的照片，一夕間分崩離析——你從沒關心過我們，甚至假裝我們母子根本就不存在，然而可笑的是，你卻貪婪地享受著我們母子對你的愛與尊敬。

我的孩子，媽媽錯了。我不應該擅做主張，為你虛構這麼一個荒唐的身世，甚至在你死了之後，還讓你像個傀儡似的，永無止盡，毫無尊嚴地假裝活著。

於是我設計了這一切，幫我、也幫孩子報仇。

這些年來，假裝夏洛克還活著這件事，耗去了我所有的精神，每想一次我就像被大火燒過一次，如今的我已經被夏洛克這把火燒得不成人形了。

夏洛克是我最親愛的孩子，也是我最痛恨的你。

對了，如今的我已經和十三年前，你第一次見到的我完完全全不一樣了吧。雖然我的心底已經不再有任何愛了，但我多麼希望你能一眼就認出我來，然後緊緊地抱著我，用一種溫柔的懺悔語氣說：「伊莎貝拉，親愛的，都過去了，這些年來辛苦你了」，那麼報復或許就會立刻終止，然而你看著我的眼神，卻像在看著一個徹徹底底的陌生人，呵，甚至還帶著那麼一點點的訕笑與不屑……你終究沒能阻止這場悲劇。

夏洛克死了，虛構的遊戲也結束了，而我也許活著，也許死去，也許日日夜夜遙遙遠遠地跟在你的後頭。我將成為一個悲傷的惡夢，永遠活在你的心中。

沒有人可以穿過惡夢找到誰。

我知道，對一個偵探而言，無邊無際的謎團將是最大的折磨。

永遠七歲，我的寶貝。by 伊莎貝拉

看完信，福爾摩斯全身顫抖，久久不能自已。因為伊莎貝拉誤會了，撕碎的照片是她哥哥為了拯救她，而創造出來的，沒想到卻在多年後，間接害死了伊莎貝拉。

福爾摩斯拿出支離破碎的照片，痴痴地望著，淚水一滴一滴落在泛黃的照片裡，領著他回到了十三年前的那一夜。

那一夜，伊莎貝拉說：「如果我們成了戀人，那麼你就會變成六張臉孔。因為愛，我的眼、耳、鼻、舌、身、心全部打開了。我不只看見你，我還聽見你睡夢中的鼻息，聞見你指尖、髮梢的雄性味道，嚐到你唇角的甜言蜜語，觸摸到你的每一吋肌膚，思念你從今而後的每一天每一夜。」

那一夜，福爾摩斯許了一個永遠沒有實現的承諾：「一個星期後，我們一起去看大海的六張臉。」

一個星期後，獨自一人的海邊，伊莎貝拉愣愣地望著潮來潮往的大海。

福爾摩斯失約了。從那時開始，伊莎貝拉眼中的大海只剩下一張臉孔，其餘的五張臉全部成了一個又一個的問號。

* * * * *

從此，只要一閉上眼睛，福爾摩斯就會看見被生活撕成碎片的不快樂女老師，手裡牽著被「福爾摩斯」謀殺的七歲男孩（有時瞎了左眼，有時瞎了右眼）。

夢裡，只要福爾摩斯一接近事實的真相，就會被伊莎貝拉他們母子的笑聲驚醒——不知為何，夢裡的伊莎貝拉母子老是開懷地笑著，意義不明地笑著，意味深長地笑著。

福爾摩斯在伊莎貝拉母子的笑聲裡迷了路，他完全沒辦法找到任何破案的關鍵。

好幾次，從惡夢中驚醒的福爾摩斯，心慌地打開皮夾，翻開夾層，他以為會看到兩張照片，但卻永遠只有那張支離破碎的夏洛克死亡練習照。

另一張去哪了？無論福爾摩斯怎麼找，就是找不到另一張照片。

為什麼會這樣？有人偷走了我的照片？是伊莎貝拉嗎？

福爾摩斯心頭響起伊莎貝拉最後說的話：

我也許活著，也許死去，也許日日夜夜遙遙遠遠地跟在你的後頭。我將成為一個悲傷的惡夢，永遠活在你的心中。

福爾摩斯嘆了口氣，打開窗子。

窗外是一片杉樹林，樹下影子影影綽綽，好像有人影在晃動。

「伊莎貝拉？」福爾摩斯心底一驚，再仔細一看，什麼都沒有，只有一陣風輕輕吹過。

關上窗子，福爾摩斯一臉疲憊地跌坐在床上。

「還是……根本就沒有另一張照片？」

「應該……不太可能吧？」

頭髮開始一綹一綹地變白的福爾摩斯喃喃自語。

「我記得我曾經把兩張照片拿起來比對過……」

福爾摩斯拿起支離破碎的照片，一次又一次地近看，遠看，最後翻到背面。

照片背後的那行字「拍攝者福爾摩斯」已經模糊了。

「這……這怎麼可能？」

福爾摩斯渾身起雞皮疙瘩，因為照片後面的字跡，隨著時間的流逝，越來越模糊，但不可思議的是，他覺得那越來越像自己的字跡了。

福爾摩斯的心一揪，急忙把照片收回皮夾，然後嚴正地警告自己，再也不准把照片拿出來，因為：「我老了，迷糊了，再也沒有能力去追查任何真相了。」

然而過了今天——

明天、後天、大後天……日日夜夜被伊莎貝拉母子的笑聲困住的福爾摩斯，從惡夢中驚醒過來之後，便忘記他昨天說過的話，然後一次又一次，心慌地抽出皮夾……

「咦？另一張去哪了？」

頭髮已經全白的福爾摩斯驚呼。

「難道是……伊莎貝拉？」

伊莎貝拉的詛咒應驗了，無邊無際的謎團成了福爾摩斯這輩子最大的折磨。

——完

作文教室 Lesson 6

繪聲繪影六法門

很多人描寫風景的時候，只會寫：我看到、我看到、我看到……風景只能用看的嗎？還是你旅行的時候，只帶著眼睛出門？下次旅行的時候，試著把眼睛閉上，用耳朵聽、用鼻子聞、用舌頭嚐、用身體觸摸、用心感覺！你會發現每一種風景都有好幾張臉。

當你學會用不同的感官來描繪這個世界的時候，那麼你筆下的風景就會變得多采多姿起來。對了，提醒一下，人物也是一種風景喔。

◎繪聲繪影六法門

一、眼

視覺。眼睛與物體形像接觸所生的感覺。如顏色、形狀、大小、長短等。

二、耳

聽覺。耳中受聲音的刺激，由神經傳於大腦所形成的知覺。如聲音之高低、強弱、快慢，以及悅耳、刺耳等。

三、鼻

嗅覺。空氣中的氣味分子刺激鼻腔內的嗅覺細胞，所產生的感覺。如氣味之香、臭、清涼、嗆辣、香甜等。(註：用鼻子聞，和用舌頭嚐所得到的感覺，都稱之為「味道」。)

四、舌

味覺。食物入口腔後，刺激味覺感受器，經由味覺神經傳到大腦所產生的知覺。如酸、甜、苦、辣、鹹等。

五、身

觸覺。皮膚輕觸外物所產生的感覺。如軟、硬、冷、熱、粗糙、光滑等。

六、心

感覺。內心對外界的感受。如喜、怒、哀、樂、愛、惡、欲等。

現在讓我們試著用「繪聲繪影六法門」，描繪出「大海」的六張臉孔：

一、眼

看到浪花在海面上追逐嬉戲

二、耳
聽到海浪拍打岩石的聲音
三、鼻
聞到海風帶來海水鹹鹹的味道
四、舌
張嘴吸一口大氣，海的清涼與苦澀全在我的舌尖跳舞
五、身
赤腳走在細細軟軟的沙灘上
六、心
一望無際的海洋，給人一種心曠神怡的感覺

◆練習題

請試著用「繪聲繪影六法門」，分別描繪出底下三道題目的六張臉孔。

一、溫泉
二、雪景
三、母親

名作賞析

【前言】

我在學校開「散文習作課」教寫作方法，教了大半個學期，要同學們交期末習作時，還是有人問我，老師，要寫什麼？我寫作這些年來，可從沒想過這個問題，寫作不就應該像波特萊爾說的：「感到內在一股不得不發的衝動」嗎？

記得我剛開始寫作時，一個晚上熬夜寫了一篇六千多字的小說，寫完後很興奮卻也很惶恐，覺得自己寫太快了，會不會失之草率？當時我和班上一位喜愛寫作的同學一起參加了耕莘青年寫作會，雖然因為住校有門禁的關係，常常缺課，寫作方法不一定學到多少，只是交了志同道合的文藝青年，寫完那篇小說幾天後，我到寫作會裡去，正好有機會問小說班的指導老師這個問題，記得寫作會的老師說，不會啊，有時候一鼓作氣寫出來的作品會是佳作呢。對於初習作的創作新手，我想做老師的都會用正面的話來鼓勵有加，不過，因為老師對寫得快是肯定的，才讓寫作新手的心篤定一些。

提起這件事是為了說明，寫作的題材是自然形成的，來自內心思考、生活體驗，心中有創作的欲望，題材自然在那兒，即使是命題作文，如何針對一個命題去發揮，那素材也是來自本身的體驗。記得瘂弦先生說過鼓勵年輕人寫作的話，「拿起筆來你就是作家」，不過對於當下生活體驗貧乏，也欠缺深入思考訓練的青年學子來說，要寫一篇習作，確實會碰到不知寫什麼的困擾。多閱讀是充實寫作題材的不二法寶，而且沒有捷徑，讀一本書，就會有一本書的收穫，只是在欣賞名家作品中，除了學習他們的表現技巧外，若能進一步去思考這篇文章如何取材，或許可以給題材貧乏的人一點參考方向，舉例來說，回憶是作家創作題材的重要來源，尤其是往事，一年前、兩年前、小時候……，這些往事常常都是我們寫作文時會用得上的材料，我們每個人都有往事，都有回憶，把一些溫馨的往事從記憶裡挖掘出來，再和現實生活對照，補充一下當時自己的想法與心情，就是一篇內容豐富的好文章了。

在本書前面的幾章，福爾摩斯教了大家許多作文的方法：如何開頭，如何結尾，中間要分幾段，每一段怎麼表現，現在大家都有概念了，可是要如何豐富作文的內容呢？還有，到底要寫些什麼內容的作文呢？這個部分福爾摩斯就不想教太多了，他希望大家多看一些作家的文章，學習名家作文的優點，以及作家們怎麼去寫他們的作文，福爾摩斯教的作文方法也很巧妙地藏在裡面喔。

拾穗的日子

王鼎鈞

俗語說：「五月田家無綉女。」因為要忙著收麥。

五月田家也沒有讀書寫字的男孩子，學屋在「麥口」放假。「麥口」是收麥的季節。「麥口」的「口」，跟張家口、古北口的「口」相似，說麥收是一大關口。如果麥子收成好，這一年吃的用的都有了，秋收就是「餘瀝」了。麥收的緊張忙迫，也簡直就是闖關呢。

陰曆把一年分成二十四個節氣，每個節氣有名稱，五月初的「芒種」，是割麥的時候，也是插稻的時候。麥和稻都有芒，「芒」可以概指這兩種作物。

麥子成熟了，田野一片金黃，大地如一張剛剛由熱鏊子❶上揭下來的香酥煎餅，使人饞涎欲滴。這時最怕下大雨，一場大雨，麥子倒在地上，泡湯發芽，收不起來了。所以全家老小都要看著天色拚老命，叫做「龍口奪食」。龍是司雨的神靈。

由冬至第二天算起，每九天稱為一「九」，「九九再整九，麥子能著口」，那時，我們就有假期可以享受了。

冬至那天，老師在窗戶上貼一張新紙，紙上用雙鉤描出九個字，每一個字九畫，合

---

❶ 鏊子：音ㄠˊ，烙餅用的平底鍋。

為九九。老師天天用毛筆在雙鉤筆畫的空白處中填入黑色，每天一畫，等九個字填好，冬天就完全過去了。這九個雙鉤字叫做「九九消寒圖」。

我們每天注意觀察消寒圖，心滿意足的望著黑色怎樣蠶食白色。我們等待轟轟烈烈的麥假。許多同學，認為念那不知所云的「知止而後能定定，而後能靜靜，而後能安安……」不如到農田幹活兒有趣。他們的家長也確實太忙，需要孩子做幫手。

那年月，真正的農夫難得理髮。據說，當他們埋頭在田裡工作的時候，他們在儲草的房子裡休息的時候，草的種子落在他們頭上。然後，這些風打頭雨打臉的人，讓種子在頭髮裡發了芽。在麥收的季節，你如果看見一個人頭上長草，不必意外。

每天，我遇見有人從田裡回來，我必專心看他的頭髮。

趙家割麥，我去拾麥。拾麥是跟在割麥的工人後面揀拾遺落的麥穗，《聖經》裡有個女子叫路德，她因拾穗而不朽。

每天黎明時分，我跟著趙家的長工短工一同出發，他們是割麥的能手和熟手。

割麥的姿勢很辛苦。麥是一隴一隴、也就是一行一行站在田裡，割麥的人迎著麥子的行列邁開虎步，前實後虛，彎下腰去。他左手朝著麥桿向前一推，右手用鐮刀攬住麥桿向後一拉，握個滿把；然後，右手的鐮刀向下貼近麥根，刀背觸地，刀刃和地面成十五度角，握緊刀柄向後一拉，滿把的麥子割了下來。

割麥的祕訣是「把大路子長」。十幾個工人一字兒排開，人的姿勢比麥子還低，遠望不見人身，只見麥田的顏色一尺一寸的改變。

具有專業水準的人割麥，是不會讓麥穗掉在地上的。但是，麥子在生長的時候，有些長得密、長得壯，對另一些麥苗連擠帶壓，使它們不見天日，這少數弱者為了接收陽光，就睡在地上，像藤蔓爬行，終於彎彎曲曲探出頭來，結一個奶水不足的穗。這種麥子躲在鐮刀的死角之下，僥倖瓦全。拾麥的人跟在工人後面，把這些發育不良的麥子拔起來，合法的持有。田野處處有拾麥的孩子、婦女，也有老太太。一個拾麥的健者，每季可以「收穫」一百多斤小麥，許多大閨女小媳婦的私房錢就是這樣存起來的。

拾麥的人絕對不能「偷」工人割下來的麥子。雖然她偶然也唱「拾麥的、三隻手，不偷不拿哪裡有？」但是她絕對不能偷。「偷」來的麥穗碩大飽滿，金裹銀漿，人人看得出來。麥穗變成麥粒，有一套公開的程序，一點也不能掩藏。拾麥的人一旦有了「前科」，就會變成不受歡迎的人，難以走進正在割麥的麥田。

拾麥也很辛苦，到中午，我簡直覺得脊梁骨斷了。可是看那割麥的人，越割越猛。我連褲子都被汗水溼透了，可是看那割麥的人，捧起瓦罐來喝涼水，喉管膨脹，骨冬骨冬響，然後一彎身，汗珠成串，像是瓦罐裡的水直接噴灑出來。我跟在後面拾麥，可以看見地上的汗痕，儘管土地是那麼乾燥。

我想，鄭板橋也許沒仔細看一看割麥。割麥流的汗比鋤草要多。傍晚收工，我幾乎要癱瘓了，這才萬分佩服、甚至羨慕那些長工短工，他們巍巍如歷劫不磨的金剛，今天如是，明天後天如是，下一季麥收依然如是，我不知何年何月才修煉得他們這副身子骨。

晚上揹著拾來的麥回家，滿身滿臉都是麥芒。母親把我身上的衣服脫了，用水把麥芒沖掉。麥芒經過汗水浸潤，使我身上到處紅腫癢痛，好像甚麼毒蟲爬過螫過。母親說：「彎著腰的工作難做，老天保佑，你，還有你的弟弟妹妹，將來都能直著腰做事。」

我想來想去，麥田裡沒有誰是直著腰的。

（摘自《昨天的雲》）

賞析

某一版本的國中課本中有一篇散文家吳晟的〈不驚田水冷霜霜〉，寫和母親下田的過程，吳晟從冷霜霜的田水及許多母親的教誨中體會人生的道理，這一篇〈拾穗的日子〉則從放麥假的學童的眼中去看農人的生活，吳晟一文寫的是南方的農事，本文敘述的是北方的農事，無論是內容或作者的體會，都有許多時間空間的區隔，以及南北的差異。

在中國傳統農家，收麥是一件大事，學校在收麥的季節放假，好讓孩童成為家長的幫手，像作者一樣，跟在割麥工人後頭撿拾掉落的麥穗。割麥很辛苦，對孩子來說，拾麥也很辛苦，所以回家後母親幫他把麥芒沖乾淨，會跟孩子說，彎著腰的工作難做，希望她的孩子將來都能直著腰做事。

作者使用的文字非常簡短潔淨，一句話裡總交代很多事，能用一句話說完的事，絕不會用到兩句話，因此這篇文章雖然不長，卻說了很多圍繞著北方農人的辛苦事。譬如「割麥工人流的汗像是瓦罐裡的水直接噴灑出來，作者跟在後頭，可以看見地上的汗痕，儘管土地是那麼乾燥」，在這裡作者只用流的汗多，就把割麥的辛苦清楚表達了；又譬如作者覺得割麥流的汗比鋤草多，只說一句「鄭板橋也許沒仔細看一看割麥」，就讓我們聯想到鄭板橋《寄弟墨書》的字裡行間，處處流露著對農夫的敬愛，以及唐朝李紳的《憫農詩》的詩句：「鋤禾日當午，汗滴禾下土，誰知盤中飧，粒粒皆辛苦」。

還有「農人的頭上長草」這個描述，作者說他遇見有人從田裡回來，一定會看他的頭髮，因為農人在田裡工作的時候，草的種子落在頭上，而沒有時間清理自己的農人，就讓這些種子在頭髮裡發了芽，短短幾句話，把專心工作的農人的生活敘述得非常生動，讀了也很讓人心酸。

吳晟的〈不驚田水冷霜霜〉從母親厚實的腳掌，感嘆母親如田裡的農作一樣抵擋了多少霜寒，而王鼎鈞聽了母親說希望他和弟弟妹妹將來都能直著腰做事，他的感想是田裡沒有誰是直著腰做事的，意思是當農人做農事沒有不辛苦的。南方北方的農人、農事也許不同，但母親對兒女的期待愛護卻是一致的。

福爾摩斯提問

1. 本文中描述的北方農事和我們臺灣農家有哪些不同？
2. 本文中作者的母親對孩子的期待是什麼？
3. 文章裡的作者為什麼喜歡看從田裡回來的人的頭髮？
4. 試用福爾摩斯說的「四個段落」找出本文的四大段落在哪裡？
5. 本文的開頭是屬於福爾摩斯說的哪一種「開頭」方法？

遺物

吳晟

臺灣鄉間一般住家的廳堂，都會供奉神座，並設有祖先的靈牌位，逢年過節燒香祀拜，即俗謂拜公媽❶。祖先靈牌位旁，通常還掛著一、二幀去世不久的先人遺像。

按照這樣普遍的習俗，父親去世，家人選一張父親生前的相片加以放大，裝在相框，祭奠出殯後，本該懸掛在廳堂靈位旁，母親卻將相框收進房間內。

我曾向母親提議，為何不將父親的遺像掛在廳堂，母親默不作聲，不予理會。

隔了數年，返鄉教書之初，偶然拉開母親的抽屜尋找東西，發現父親的遺照已經泛黃，再次提議母親拿去照相館重新修飾、放大，並懸掛在廳堂。母親淡淡的說：「真正會想念的，不必看到相片也會想念；不認得的，只看相片也無用。」

我一直不能理解母親的心情。而今歷經更多人世滄桑、人情冷暖，才逐漸有些微體會。

就如我對祖父沒有任何印象，因而逢年過節祭拜祖先時，只有虔敬之心，卻喚不起思念之情，也無悲傷之意；當我帶領子女祭拜父親，他們對阿公又有多少如我這般深刻的追念呢？

---

❶ 公媽：閩南人對祖先牌位的說法。

父親只是為窮困生活奔波一生的鄉野村民，既無顯赫家世可以留傳，也無輝煌傳奇可供談論。但對我而言，卻有無數值得懷念的事蹟，尤其是我們現在居住的家園，是父親和母親壯年時辛苦建造而成，處處和父親有牽連，更容易隨時觸動深深的想念。

平日我常不自覺的向子女提起父親生前一些言行作為，以及如何教導我。不過，我是感觸良深，而子女似無多少感動。連我自己的子女，對阿公都感覺那麼遙遠，何況是往後的子孫呢？父親的事蹟，必然只在我們這一代的親人還偶然會提起吧？那麼，父親的遺像即使掛在廳堂，又能留存多久呢？

父親去世之時，我剛就讀專科一年級，年輕得只顧編織自己的夢想世界，不懂得將父親的遺物好好整理、保存、留供紀念，以致大都已散失，每一思及時常深感懊悔。其實，父親的生活刻苦簡樸，遺留的不過是些日常用品，就算保存了下來，又能留存多久年月呢？

然而，父親的每一樣遺物，畢竟都聯繫著我許許多多的回憶啊！

父親生前任職於本鄉農會，從我家到街上農會辦公廳，約四、五公里遠，父親每天騎著一部二十八寸高的腳踏車上下班，騎了二十多年，那時機車已逐漸流行，不少親友都勸父親年歲大了不必再那麼辛苦，建議父親改騎機車，比較輕鬆方便，幾經親友好意慫恿，便和同事一起辦理分期付款購買了一部小型機車，不料改騎機車才二個多月，便發生車禍。

父親既因為機車發生車禍而喪生，機車是母親難以釋懷的夢魘，當然不可能再將機車牽回家，立即轉售給機車行。這是父親的遺物中，最先失去的吧。

我和妻返鄉教書之後，母親非常堅持不允准我們騎機車，很多年時間，我們只得騎腳踏車上下班，雖然很不方便，卻不敢違逆。

父親騎了二、三十年的那部腳踏車，已頗為老舊，但仍結實好騎，這是陪伴父親走過後半生鄉間艱辛道路的工具。我們都很珍惜而善加保養，只可惜隔了二年，弟弟上了高中後，寄宿在外，將這部腳踏車帶去，只騎了幾個月便遭竊遺失，我們都惋惜不已，有很深的失落之感，大大責備弟弟不小心。

父親的遺物，大都是因為我們的疏失，或重新整修住家而在無意中遺失，唯有父親的衣物，是經考慮後才拿去送人的。

在各項物質那樣匱乏的年代裡，父親因在農會上班，倒是也有幾件較體面的西裝、襯衫，但都不適合我們穿，放置了一、二年後，大嫂便清理出來，一部分送給其他親戚，大部分送給六叔。

六叔家境較困苦，父親生前本就很照顧他，他們親兄弟感情一向很好，體型也差不多，而且六叔長年出外做油漆工，經常在城市和鄉間來來去去，有必要多幾件耐穿而稍微過得去的衣物，因此，父親之大部分的衣服送給六叔，是最適當的吧。

不過，另有幾件父親在日據時代當警察時留下來的制服，母親說那是質料特別好的呢絨，捨不得送人，便修改為較小的外套，讓弟弟穿，弟弟也很喜歡，一到秋冬季節，幾乎天天不離身，但因寄宿在外搬來搬去，待我們發覺這幾件外套竟然不見，已不知遺失多少時日了。

一般鄉間農民，一生中大都很少照過相，但父親算是「有出社會」的地方人士，因此留下了一些相片，我們一一收集起來，貼在一本相簿裡，偶爾拿出來端詳一番，從每一張相片的背景，揣想父親當年的社會活動、生活情況；從每一張相片的神態，懷想父親當年的音容言行。我們兄弟姊妹一致認為，父親年輕時候的相片，真是英姿煥發，非常好看；中年時期的相片，則一如平日實際生活中那般耿直而有威儀，又自然流露出無比的可親。

只是這些相片因年代久遠，都已泛黃、泛白而顯得模糊。而且，兄弟姊妹都長年定居在外，只有我留在家裡，很少有機會一起翻看並談論這些相片。偶有閒暇也曾多次找出來，一面指給子女看，一面講述父親生前的言行事蹟，子女常會一知半解地追問一些問題。我儘管刻意以輕鬆的態度口氣來談，談著談著，總會忍不住湧起難以掩飾的深深感傷。如今連我也久已不常拿出這些相片來看了。

數年前，替父親「撿金」——即挖開父親墳墓，撿出遺骨裝進「金斗甕」，供入靈骨塔內。因遺骨還有些潮溼，需曝曬乾後才能處理。為了防止野狗咬走，連續數日，我在墳場顧守著這些遺骨，思潮翻湧，感慨至深。

其實，保留這些遺骨有何意義，時代變遷，還不是散失無蹤？如母親所說：真正會想念的，不必看到相片也會時常想念；不認得的，只看相片也無用的。然而，父親的遺物，縱然只是些日常用品，畢竟都聯繫著我深深的追念，明知不可能留存久遠，總是不忍輕易拋棄；一旦散失，回想起來總是深感惋惜啊！

（摘自《阿爸的百寶箱》）

賞析

我們開始會用文字來記錄生活、抒發感想，一定是從「我」出發，然後是圍繞著「我」的「我們」，這些「我們」就是爸爸、媽媽、兄弟姐妹還有同學、師友等，之後我們的人生進行到一定程度時，「我們」還會加入情人、夫妻、兒女等，而這些人際關係也會是我們寫作時最常牽涉到的人物。以自己最親近的人為題材，很容易就會寫得太私我，意思是那些情節和感受只有你們少數相關的人理解，讀者看了會覺得太瑣碎，甚至覺得無聊，因此越是個人化的題材，我們越是要把焦點集中在共同的經驗中。

這篇〈遺物〉就是一個很好的例子，作者的父親在他求學階段就過世了，但是作者沒有說一些什麼「子欲養而親不待」之類老套的話，而是透過母親把父親遺照收到抽屜的作法，清楚表達出「真正會想念的，不必看到相片也會想念；不認得的，只看相片也無用」這樣發人深省的話。

青少年時代就喪父，作者對父親的思念卻是與日俱增，他慢慢地回味、檢視父親的遺物，從僅有的幾件遺物中去回顧父親的一生。這個遺物的「遺」有兩層意涵，一個是遺留，一個是遺失，父親遺留給孩子的，固然是孩子珍視並且憑著去記憶父親的，可惜這些物品一樁樁、一件件卻也在時間的流逝中漸漸遺失。我們常常說「睹物思人」，似乎人的回憶和思念都要透過物件才能表達，在這篇文章中，作者以樸實的文字，真切的人生經驗，告訴我們真正的思念不必為物品所羈絆。

作者從父親的遺物出發，一件一件來告訴我們他和父親之間生活的點點滴滴，雖然沒有直接說他多麼想念父親，但每一字，每一句，都有父子間令人感動的深情，寫最普通、無聊的題目，卻可以有這樣不俗氣的表現，讀過吳晟的〈遺物〉，你也可以開始寫你的「家庭」、「父親」、「母親」等等……

福爾摩斯提問

1. 臺灣傳統習俗，把親人的遺物放在什麼地方？
2. 本文中有哪些描述讓你看出來這是一個鄉野村民的故事？
3. 數數看，本文中共提到哪些父親的遺物？
4. 文章中，有哪些地方，讓你感覺到作者對父親的懷念？
5. 本文的結尾是福爾摩斯說的哪一種結尾？

到林先生家作客

隱地

連續數日展讀七〇年代的文章，彷彿時光倒流，所有二十多年來的往事點點滴滴浮現眼前，其中到林先生家作客，現在回想起來愈發顯得那個年代的祥和溫馨，以及人與人之間的親密。

林先生，是我們那一代對林海音女士的尊稱。直到如今，我們仍然如此稱呼她。

林先生為人熱情俠義，樂於助人，喜愛朋友，若有文友從國外回來（也許是夏志清，也許是於梨華，也許是余光中，也許是鄭清茂……）她總會為這些遠道回國的老友邀一些作家朋友聚聚，而相聚的朋友，總是由主客點名，主客想見誰，只要把名單開出來，林先生總有辦法將主客想見的朋友一一約到。約會的場地不像現在一般人請客都訂在餐廳，林先生請客一向都是在她家裡，最初是靠近寧波西街的重慶南路三段的日式小屋裡，那小屋如今早已拆除而改建大樓變成純文學出版社的辦公室，但我偶爾經過重慶南路的巷弄，特別是在夜裡，常覺得那日式小屋還在，林先生正在請客，高朋滿座，一屋子的笑聲還在那兒傳開著……林先生搬到敦化南路永春新廈後，也許心情好，也許事業旺（《小太陽》、《改變歷史的書》、《人生的光明面》……只要書的封面印上純文學出版，讀友總是爭相閱讀），林先生請客更勤了。而被邀的朋友，因為知道林先生好客，常會主動請求再帶一、兩位朋友，結果，常常原先只準備請七、八位朋友的，最後竟擴增至十幾位，林先生總是好好好……所謂來者不拒，那個年代，尚未爆發鄉土文學之爭，作家和作家之間，識與不識，都親得不得了，老作家和年輕作家，男作家和女作家，本省作家和外省作家……全部都像一家人，見了面有說不完的話，就算不愛說話的，只要到了林先生家作客，也會變得話多起來，有時大家還搶著說話，笑聲穿插其間，加上主人林先生一口標準悅耳的京片子，個個都成為快樂的客人，不到晚上十二點鐘，總是捨不得離開這樣笑意暖意滿屋的夏林府❶。

時序進入九〇年代，個人主義當道，小家庭林立。人們已經很少在家裡請客。也沒有在家裡請客的條件。房子不夠大不說，燒出來的菜，能有幾道可以端上檯面？而且也找不到幫手。夫妻倆如果都在廚房忙，朋友只得呆坐在客廳；而林先生請客，總是陪著朋友聊天，廚房裡有的是大師傅，她的三個女兒，美麗和阿葳，都是傅培梅的學生，當然燒得一手好菜，祖麗自學的家常菜亦有特色，而林先生還有一個好管家——阿珍——作出來的菜也色香味俱全。等到大家上桌，正吃得開心的時候，林先生會偷偷離開一會兒，原來她穿上圍兜去廚房炒她的名菜——十全十美，一道好吃又好看的炒十錦。個個吃得口齒留香。雖然中間隔了好多年，沒有再吃到林先生家的菜，但只要一回想，菜的

❶夏林府：林海音的先生姓夏，夏承楹，筆名何凡。他們的小孩夏烈、夏祖麗也從事寫作，可說是文學世家。

好滋味，還是記憶猶深。

到林先生家作客，除了談得快樂，吃得快樂，還有更令人難忘的是林先生的「無皺紋照片」，她會為朋友們三人一組、四人一組的拍照留念，拍過來拍過去，在笑聲中圓滿的留下全體合影。大概是作客後的第三、四天，所有到林先生家的客人，都會一一收到照片——快樂的作客照片，背後還會註明時間、地點，讓人永遠懷念。

我們也常在朋友聚會時擺出笑容讓人拍照，拍照的朋友通常不記得將照片寄給我們。有時我們自己也一樣，為朋友拍了照片，很想再加洗一份寄出去，然而總是忙，忙到後來還是忘記了，而林先生這樣忙碌的人她卻從不遲延，從不忘記在請客過後三、四天就把照片寄來了，還把我們都照得好年輕，我們臉上的皺紋在照片上竟然都不見了，所以朋友們共同為林先生又取了一個外號：「無皺紋攝影家」。

寫這篇小文的時候，無數作家朋友的臉孔全在我記憶裡一一出現，那時我們都是林先生家裡的客人，他們的臉孔經過時光隧道又都年輕了起來，林文月、王文興、楊牧、殷允芃、黃春明、林懷民、高信疆、何懷碩、瘂弦、林太乙、江玲、鍾玲、季季、羅門、蓉子、羅青、蔡文甫、鄭清文、白先勇、張系國、琦君、子敏、游復熙、季光容、簡靜惠、齊邦媛老師……青春留得住嗎？至少，在七〇年代，到林先生家作客的時候，我們是年輕的。我們曾經年輕，如今雖然和青春漸行漸遠，但我們擁有快樂的記憶，我們還有什麼不滿足的呢！

（摘自《翻轉的年代》）

賞析

寫作如果要從生活中取材，免不了會和「人」有關，描寫人物也就成了常見的創作題材，人物速寫不止是描寫主角這個人，他長什麼樣子、穿什麼衣服、說什麼話，這些都是細枝末節，最重要的是，圍繞在主角身邊的各樣人、事、物，才是我們寫作要把握的重點，這篇〈到林先生家作客〉就是一篇很好的示範。

林先生是指曾任聯合報副刊主編、創辦純文學雜誌社、本身也是作家，名著《城南舊事》的作者林海音，由於她長期從事推動文藝的工作，又熱情好客，常在家裡相約文人聚會，雖然她已經過世，卻留下了「林海音家的客廳是半個文壇」的雅稱，作者是林家聚會的常客，這篇記敘到林先生家作客的文章，不止是寫作一次客的經驗，而是擴大成記敘那位好客的林先生，以及在林家客廳作客的那個年代。

我們從這篇文章的描述想見林先生是什麼樣子呢？「熱情俠義、樂於助人、喜愛朋友」、「主客想見誰，只要把名單開出來，林先生總有辦法將主客想見的朋友一一約到」、「林先生請客，總是陪著朋友聊天，廚房裡有的是大師傅」，林先生是：「說一口悅耳的京片子」，還會「為朋友們三人一組、四人一組拍照留念」，「事後客人很快會接到快樂的作客照片」……，在作者的敘述中，一個溫馨祥和，人與人親密相待的年代活靈活現，彷彿我們也是在林家作客，聊得愉快、笑得開心，還期待收到「無皺紋照片」的一分子呢。這就是之所以大家尊稱林海音女士為「林先生」的原因吧。

文章中有人（很多人，除了林先生外，還有和林先生一起締造林家客廳傳奇的作家們）、有事（文友從國外回來，她都會為遠道回國的老友邀約朋友相聚；林先生請客不訂在餐廳，一向在她家裡；識與不識的作家間，親得不得了；九〇年代後人們很少在家裡請客，也沒有在家請客的條件……），人與事交融，記錄了一個寫入文學史的傳奇人物，也為作者消逝的青春年代留下美麗的回憶。

福爾摩斯提問

1. 你有沒有到人家家裡作客的經驗？請說說看。
2. 為什麼作者那一代要尊稱林海音女士為「林先生」？
3. 本文的開頭，是屬於「開門見山」、「望文生義」，還是「舉例來說」？
4. 請用你的話，說說看本文所描述的文人聚會，是什麼樣子？
5. 林先生寄給作家的照片，通常是「無皺紋照片」，這種說法算不算加油添醋？

小王子

周芬伶

他們說，弟弟被關起來了。

我已經將近一年沒見到弟弟。最後一次見到他，他穿著嶄新的名牌襯衫，手上戴著金錶，吊兒郎當地說：「小心，我到你那裡敲你一筆哦！」他總是愛開玩笑。

可是，弟弟一直沒有來。然後我就聽說，他唆使三個人去搶地下錢莊，還用刀子割了會計小姐一刀。然後又說，弟弟被通緝，躲在高雄的小公寓裡。還說，他被捕了，關進燕巢看守所。這些事情我都不相信。

我心目中的弟弟全然不是這樣的。小時候，他常從我背後撲上來，勒住我的脖子說：「納命來！」我總是一面笑著一面打他，說他好有力氣、好調皮。他不是當真的。你看他那張天真無邪的臉孔，清亮有神的眼睛，略厚而敏感的嘴唇，挺直的鼻樑，長得活像詹姆士・狄恩。他怎麼會傷害任何人？

母親連生五個女孩才生弟弟，他在一大群女孩兒中長大，練就一張最甜的嘴，一顆最軟的心。我沒見過這麼會撒嬌的男孩。只要他說，姐，這個我要；這個東西就變成他的，沒有人拒絕得了他。他又頂會挑東西，所有吃的、穿的、用的，全是要那最好的。小時候他讓人算命，相士說他生來是來討債的，別人花錢僅止於皮肉，他要花到骨頭裡。

弟弟還很得意地問：「姐姐，怎麼樣才算花到骨頭裡？」

雖然如此，沒有人能阻止姐姐去疼弟弟，我們都用女人特有的柔軟心腸去寵他——弟弟犯錯了，那麼就流淚吧，用淚水感化他；弟弟吃不了苦頭，那麼就什麼苦頭也不讓他吃。

我們喜歡把他打扮得整整齊齊，帶他到街上亮相。許多人走過來，摸他的頭，擰他的臉頰，他一點也不怕生，眨著大眼睛直笑。很多人說，他長大後會迷倒許多女孩子。果然，才念到國中，就有許多女孩子寫信給他。在這些女孩子中，他只喜歡鳳子。鳳子是個極標致的女孩，高䠷的身材，皮膚又白又細，一雙鳳眼笑起來彎彎的，只是嘴角有些歪撇，看來楚楚可憐的樣子。有人說鳳子一臉薄命相，不是端正的女孩。我才不相信，美麗的女孩總是遭嫉的。

弟弟喜歡鳳子，鳳子也喜歡弟弟。為了鳳子，弟弟從好班降到普通班；為了鳳子，弟弟錢越花越凶。那一陣子，他桌上貼滿鳳子的照片，常蹺課溜去約會。他說他們是龍鳳配，天生一對。可不是，弟弟肖龍。

可是，高中還沒畢業，鳳子居然嫁人了。聽說是她的母親為了還債，逼她嫁給一個老頭子。婚都結了，鳳子還一直來找弟弟，弟弟不見她，也不准我們提起她；後來鳳子割腕自殺，弟弟也沒去看她。

從那時起，弟弟常常不回家。學校說他曠課超過時數，外面傳說他參加不良幫派，還說他在賭場裡當保鏢。有一次，母親在他房裡，搜出一支扁鑽，還有一把好長好長的刀。母親一邊發抖，一邊流淚，把刀用布包好，丟到郊外去。接著，弟弟被退學。

我找到弟弟，勸他，不，是哀求他。我說，姐姐相信你的本性是善良的，只要及時回頭，一切還來得及。你知道嗎？姐在大學裡教書，那裡的學生跟你的年齡差不多，我常常在想，裡面如果有一個是你該有多好？你應該像那些年輕人，夾本書，哼支歌，一大票人爭論著去看哪裡的電影，開多大的舞會；還有夜遊、烤肉、賞花，家事與國事天下事，理想與抱負……二十歲，應該是沒有血腥沒有罪惡沒有憂愁的年齡。弟弟，我等著這一天。

弟弟說，姐姐，你又在作夢了。你沒有看到我胸前，還有大腿上刺的這些花，我是洗不乾淨了。你們都不要再管我，你叫媽媽不要再哭好不好？我最怕眼淚。鳳子嫁人的時候，我沒掉過一滴眼淚；別人用拳頭打歪我的鼻樑，我也沒哼一聲。不要叫我去上學，我討厭老師討厭學校，他們都要我學姐姐們，做個好學生。我不要做好學生，我要成功，有一天會漂漂亮亮地站在大家面前，那時，沒有人會再瞧不起我。你等著，有一天！姐姐，你看到沒有，我的頭髮發白了，我的心裡也不好受，我要成功。每個人的眼中只有錢，我要很多很多的錢……

我制止他繼續說下去。我說：那麼你去學畫，你不知道你畫得有多好，以前你畫的圖，貼在家裡，還有人願意花錢買它呢！弟弟不說話，只是睜著無神的大眼睛，空空洞洞地看著我。他的眼神看了教人發抖。我看到他的頭髮居然夾著許多白白的。

然後，更多的謠言都來了，擋都擋不住——弟弟騙錢，弟弟被暗殺，弟弟斷了兩個手指，弟弟開賭場……。我從沒看過他打人，聽過他說一句髒話；他在家裡是個乖孩子，在我們面前是最會撒嬌的弟弟。他怎麼可能去搶人傷人，我不相信。

謠言越來越可怕。後來就聽說弟弟主使三個人搶地下錢莊，錢到手後，警方抓人，一個被捕，弟弟和其餘兩人跑了。被捕的那個人把所有的罪過全部推到弟弟頭上。我們都在找弟弟，警方也在找弟弟。

有一天下午，我接到鳳子的電話，她說弟弟想要跟我說話。我想罵他，但我的聲音和手一直發抖，我只是說：「你害怕嗎？」他說：「害怕。」我說：「不要怕，姐會替你想辦法。你有沒有？」弟弟沒答腔。我再說：「我知道你沒有，對不對？那就出來自首……」說到這裡電話就掛斷了。

那一陣子，我常作惡夢。有一次夢見弟弟的頭髮全白了，變成一個很老很老的人；又有一次，我夢見我是法官，弟弟手銬腳鐐地被押進法庭，結果，我判他死刑。

祖父過世出殯那一天，鳳子來了。好幾年沒見，她還是一樣標致，穿著一身黑，一進門就往祖父的靈前下跪。母親去扶她，她附在母親的耳邊說，弟弟也來了，躲在外面。我就知道，弟弟是多情的人，不會忘記祖父最疼他。鳳子說，弟弟整個人都變形了，臉孔又黑又乾；夜裡常看他驚醒，人坐得直直地發怔，好嚇人。我往門外看，找尋弟弟的身影，依稀在遠遠的騎樓邊有人影閃動，我知道，那一定是弟弟。

接下來，弟弟自殺，弟弟被捕，開庭又開庭，偵訊又偵訊，初審判十二年，弟弟帶上手銬，弟弟坐牢。但是，我一次也沒去看他，我不相信弟弟會犯罪。母親去看他回來說，弟弟胖了一點，理了個大光頭，看到人只會傻笑，母親卻哭得說不出話來。

然後，他就來信了，說他在裡面讀日文，說姐姐不要為我傷心，就當我出國留學去了。寄書的時候，記得不要寄新的，要舊的，一次限三本，不要忘記。在這裡嘴好饞，叫媽給我帶肉乾來好不好？可惜我那一大堆名牌衣服沒人穿了。姐姐，祝你新婚快樂，可惜我不能參加你的婚禮……

我否認這一切——我的弟弟是小王子，他有著清澈可愛的眼睛，以及天真單純的心靈，逗人喜歡，沒有人會拒絕他。他有一朵驕傲的玫瑰，只有四枚刺，可是，他太年輕，不知道怎麼去愛它。

我的弟弟是小王子，他暫時不會回來了。

（選自《花房之歌》）

賞析

說到「小王子」，我們就想起聖修伯里的《小王子》，那個男孩住在孤單的星球上，祈求友誼而且不斷追尋，但在這篇文章裡，小王子就是和小公主一樣的意思，因為這個小弟弟是母親連生五個女兒後才生下的，是全家人的寶貝，像小王子一樣尊貴。雖然算命師說這小王子生來是來討債的，到處惹事生非，花錢花到骨頭裡，但是沒有人能阻止姐姐去疼弟弟，他們全家人都用女人特有的柔軟心腸去寵溺小王子。小王子漸漸長大了，外面的人謠傳他騙錢、他被暗殺、他斷了兩個指頭、他開賭場……，作者不相信她的小王子會做這些事，作者說：「我從沒看過他打人，聽過他說一句髒話，他在家是個乖孩子，在我們面前是最會撒嬌的弟弟，他怎麼可能去搶人傷人，我不相信」。直到小王子被關進監獄，作者還是拒絕相信，否認這一切，她告訴自己，我的弟弟是小王子，他暫時不會回來了。

這是一則很感人的故事，把一個家有浪蕩弟弟的姐姐的感情寫得很深刻，也把這個小王子為何走上和王子不一樣的人生，表達得很生動，讀者看了不禁要為小王子的一生悲嘆一番，所以這個故事說得很成功，作者沒有用華麗的文字，沒有賣弄技巧，只是很真誠地告訴我們發生在他弟弟身上的故事，真實誠懇的內容讓這篇文章深深感動讀者。

作者說的是自己的故事，如果我們沒有這樣真實感人的故事可以說，那怎麼辦呢？我們可以說別人的故事，鄰居那個和我一起長大的男孩，他父親跟別的女人跑了，母親隻身靠收餿水養豬把男孩撫養成人，讀大學，出國留學，在異國成家立業，兒子有了美滿生活，母親呢？那個養豬的母親始終盼不到兒子回來送終。像這樣的故事發生在我的鄰居身上，也可能發生在你的身旁，完全看你有沒有仔細去觀察你身邊的人，有沒有留意發生在你身旁的事。別人的故事如果可以感動你，你真實誠懇地把這個故事寫出來，一定也可以感動讀者。

福爾摩斯提問

1. 本文的開場很特別，是福爾摩斯說的哪一種方法？
2. 作者為什麼不相信她的小王子會做壞事呢？試著分析一下這種心理。
3. 「繪聲繪影六法門」，在本文中運用了幾個法門？找找看。
4. 結尾時，作者還是說她的弟弟是小王子，這是哪一種結尾方法？

給孔子的一封信

簡媜

孔子先生您好：

很不好意思占用您的寶貴時間，我是您的崇拜者，現在在做家庭主婦，我一共生了三個孩子，一個老公。

實在是很不得已的啦，我也不知道您家電話（一〇四說沒有登記），只好寫信；那我也沒有念很多書（因為家庭環境不是很好，只有念到小學三年級就完畢了），如果講得不清楚，請您不要給我見笑。

我不是有三個小孩嗎？生也是我，養也是我，教也是我，我那個老公只管賺錢，只會「呷得肥肥，裝得錘錘」，什麼都不管，他連小孩念幾年級都不知道。現在大的念高二，老二升國三，最小的小學六年級；功課都在四十名左右，反正不要「吊車尾」最後一名就可以了。可是，最近半年來，我實在「強強欲抓狂」，電視說好多國中生、高中生跳樓自殺，有的有死成功，有的沒有成功，我看了心臟快要停掉。您知道嗎，我家住八樓，我很害怕小孩會從窗戶跳下去，所以就叫人來裝鐵窗。可是也有的小孩在學校跳啊，那我又不能叫校長統統裝鐵窗。我老公看到這種新聞就發脾氣，那個報紙跟新聞都有把小孩的父母照出來、名字寫出來，我老公就罵小孩說：「你們要是敢去跳樓害我上報，沒跳死我也把你『揉』螞蟻一樣『揉』死！」我實在很捨不得那些小孩，也替他們的父母心酸，養一個小孩到十六、七歲很不簡單的咧，要花很多辛苦的咧，他跳完就溜溜去了，可是他父母還在活，以後他媽媽聽到別人說「我小孩怎樣怎樣」時，心會像刀子在割，那個頭永遠抬不起來。報紙、新聞又把父母名字寫出來，看起來好像他們害死小孩一樣，有夠沒天良！孔子先生，我很不了解為什麼小孩吃飽了要去跳樓，您比較有智慧，可不可以給他們勸一下，就是說，父母生你養你，沒有功勞也有苦勞，做父母的很癡情的，就算小孩出生的時候算命仙說他到十七歲會去跳樓，做父母的也會很癡情把他養到十七歲的。孔子先生，拜託您一定要把這個意思講給他們聽，要不然，「碰」，跳一個，「碰」，跳兩個，那我們女人再會生也不夠他們跳啊，對不對！

另外，我家這棟樓的媽媽們常在一起聊天，她們有的想把小孩送到外國，有的把戶口遷到好一點的學區，聽說這樣小孩才會考上好學校。我也很想這樣做，可是因為我先生不是很會賺錢，房子還在貸款呢！我又聽她們常常在比送什麼禮物啦、請家教啦、上補習班啦，好像那個好學校的好班要花很多錢的樣子。有一次，有個媽媽就在歎氣之後提到您的大作《論語》裡面寫的「有教無類」，還有「自行束脩以上，吾未嘗無誨焉」的「教育理想」。我知道「有教無類」就是「有給他教，沒有給他分類」，「束脩」就是肉乾（我有去查字典）；我覺得您實在有夠厲害，心腸這麼好觀世音菩薩會保佑您們全家的！

您可不可以出面去跟那個教育部長講一下，不要給小孩分類，又不是環保署，要分玻璃罐、鋁罐對不對！還有另外，您可不可以上電視跟做父母的講，不要逼小孩一定要考上建中、北一女、臺大嘛，念書跟吃飯差不多，要是小孩的胃很小粒，您逼他吃大粒胃才吃得下的東西，那他的小胃就會爆炸。像我小時候幫家裡賣鴨，為了重一點，拚命用唧筒灌飼料，就把鴨子的胃灌破了！我覺得小孩健健康康，長大不要去搶銀行、殺人就好了，你逼他拿第一名，就算是全校，也不是全國、全世界第一啊！像我，就不會逼小孩考第一，因為我不是第一名媽媽怎麼可能生出第一名的小孩呢？對不對！

不過，我聽那些媽媽在講，好像現在的教育問題很嚴重。我不像她們有學問、會講話，所以就想寫這封信給您，請報社幫我轉一下，我是想說，既然您教書的口碑那麼好，不知道您有沒有開暑期輔導班？我有去側面打聽啦，聽說您的學生沒有念到一半去跳樓、自殺的，我想請您「出山」來教我的小孩，這樣我就不必「吊膽」了。可不可以請您寄招生簡章跟報名表給我（要十份，隔壁陳太太、三樓李太太、四樓林太太……都要）。

還有，不知道您比較喜歡吃「新東陽」肉乾還是「黑橋牌」？一百盒夠不夠？

還有就是說，孔子先生，肉還是不要吃太多比較好。

敬祝

健康

·幾天後，這封信被退回，原因是查無此人。

簡太太敬上

（摘自《胭脂盆地》）

賞析

這篇文章寫了至少有十年以上，如今看來文章中所透顯的青少年問題卻仍然存在，雖然二十一世紀的青少年問題是以前沒有或是不常見的，像是泡網咖、吸食毒品、混幫派等，但是文章中提到的學生自殺、補習、升學壓力、填鴨式教育等困擾著學生、老師、家長以及整個社會大眾的現象，仍然讓人憂心忡忡，可見社會環境的改變有些方面是非常緩慢的，而一篇觀察仔細、深入的好文章，不管經過多少年，仍然具有參考價值。

作者以一個受教育不多、三個孩子的母親，寫信給聽說很會教書的孔子，除了拿一些當下的教育現象向孔子告狀外，也想請孔子出馬來教她的孩子，讓她的孩子不會碰上做母親所擔心的那些問題。這些問題都是大問題，教育改革說了十年，也許解決了部分問題，卻也產生新的困擾，而對於我們下一代的草莓族、水蜜桃族現象，如何增加他們的抗壓性，不要動不動就去跳樓，就連教育主管部門也提不出一套對策吧。

作者採用書信體作為呈現問題的方式，現代人已不流行手寫書信，多利用伊媚兒（電子郵件)，書信的格式或已不大講究，但透過書信體創造一個對話的對象(如本文中的孔子)，仍然是可以運用的寫作形式。因為是擬想一位識字不多的母親，所以作者在敘述口吻上盡量口語化，並且加入能突顯出敘述者身分的語句，如：「請您不要給我見笑」、「呷得肥肥，裝得錘錘」、「『揉』螞蟻一樣『揉』死」，並且把大家都知道的常識扭轉一下，以增加趣味性，譬如說她知道東脩是肉乾，還不忘問孔子喜歡吃「新東陽」還是「黑橋牌」，最後一句註語更是有如神來之筆，「幾天後，這封信被退回，原因是查無此人」，讀者在一開始看本文時，當然就知道查無此人，可是最後作者點明這個事實，也有慨嘆母親的憂心和種種作為都是徒勞無功的意思。

複雜而困難的社會現象在作者詼諧、逗趣的寫作方式下，展現了可以輕鬆以對的一面，雖然輕鬆過後，還是要回來面對嚴肅的問題，至少作者藉著做媽媽的語氣把一些複雜的問題簡單地提出來，讓讀者很容易就清楚我們面臨的到底是什麼情況。這篇文章示範的是，即使是國家社會的大事，不一定要長篇大論，透過市井小民的心聲一樣可以呈現出來。

福爾摩斯提問

1. 福爾摩斯教你「加油添醋」，本文中什麼地方運用這樣的方法？

2. 試用「七何法」，找出本文中的七種元素。
3. 本文用書信體，能不能也用福爾摩斯的方法找出四大段落？
4. 本文作者提出了哪些青少年問題？你覺得有沒有解決的方法？
5. 本文有沒有「繪聲繪影」？請找找看。

志願

林黛嫚

你才這個年紀，就要你立定志願，那也太苛求了。我也不是因為看了電視上那才五歲卻能搖臀擺首唱完整首流行歌的小女孩，而期盼有個小大人似的小孩，我只是希望你能早一點知道自己要做什麼，在做什麼，人生苦短，要做的事那麼多，如果早日找到自己想要的人生道路，可以節省許多繞路、彎路的力氣。

那天我問你，長大以後要做什麼？你一臉茫然，你還只是知道玩樂，吃食，雖然喜歡畫畫卻不知道如何以繪畫藝術維生的年紀，你想了想，說了個取巧的答案，「我要跟媽媽一樣」，跟媽媽一樣是做什麼呢，你卻又說不出來了。你哥哥一逕嘲笑你，「你想跟媽媽一樣不一定做得到」，哥哥這是另一層次的問題，立定志願時，當然不能保證這志願一定能實現，那只是一個方向，你選擇走下去的方向，走著走著，是柳暗花明還是煙雨濛濛誰也不知道。後來我試著引導你，「你也許可以當老師」，你的回答讓我和哥哥都笑了，「老師有男生嗎？」哥哥笑你無知，當然有男老師，我卻笑你可憐，這社會意識型態的性別分工做得多徹底，讓整座幼稚園裡都沒有男老師，讓你這當老師的志願顯得多可笑。

那麼那嘲笑你的哥哥的志願是什麼？他的答案很標準，你在小學三年級的班上做意見調查，將來想當老師的舉手，一定可以獲得半數以上的認同，媽咪也是，在小學二年級的時候，我就立定志願，將來要當老師。

是媽咪遇上一位很好的啟蒙老師，而欲像她一樣百年樹人嗎？是你三阿姨念師專於是媽咪有了效法的好榜樣嗎？是媽咪和一般社會大眾一樣的意識型態，認為女生當老師最好了，還是媽咪天生好為人師？都不是，而是早熟的媽咪，看到貧窮的家庭環境，而做出的決定，只有讀師專才能找到出路，距離這個志願二十年後，距離當老師而又離開教師這個跑道十多年後，我可以告訴你，至少到今天為止，這個志願是正確的。

那麼你們又要問，為什麼志願不是人生的理想，而是尋求生活方式的一個過程和手段？不是這樣解釋，媽咪也從未後悔讀師專當老師，那一段求學生涯，那在小學教書的四年，都是媽咪人生甜蜜回憶的一部份。甚至可以說，當老師確實是媽咪的志願，志願之一，那個階段我努力向我的志願前進，只是後來，媽咪又有了新的志願，有了另一個奮鬥的人生標的，於是我轉換跑道，直到今天。

媽咪的例子不重要，每個人的人生不一樣，人生價值的選項不一樣，選擇的時空背景也不一樣，你可以從今天開始，試著立志願，試著為你的人生尋找方向，媽咪要以一句話和你們分享，那是前人的智慧。

德國社會學家諾伯亞伊里亞斯在其著作《臨終的孤寂》中提到：「人的一生所有作為的意義，在於對於其他的人，是否也能產生對等的意義，換句話說，不僅是要對當下的人有意義，也要對人類社會發展、那一代接一代的、屬於未來世代的人要有意義。」

你準備好要立定志願了嗎？

（摘自《你道別了嗎？》）

賞析

我們從小寫作文經常會碰到的題目就是「我的志願」，也許是老師對孩子們長大後要做什麼總是十分好奇，常常要透過這個作文題目來了解吧，但是這個平凡無奇，或者說寫過太多次而厭煩了的題目，如何能夠寫出不一樣的內容，吸引說不定也看煩了這類題目的讀者願意去閱讀呢？

文章裡作者問那還在讀幼稚園的小兒子長大以後要做什麼？「志願」這個問題可以理解為一個人的人生志趣，像是設計一座金字塔，寫一首交響樂奏鳴曲，或是發明樂高玩具，甚至只是用陶笛吹奏簡單曲子這樣的事，但大部分人想得到的回答都是將來想要從事哪一個職業，做媽媽的要得到的答案也只是士農工商等簡單的一個工作。五、六歲的小孩就會知道自己的志願嗎，或者這個時候立下的志願就會是未來的人生嗎，其實不然，作者自己也知道，「每個人的人生不一樣，人生價值的選項不一樣，選擇的時空背景也不一樣」、「志願不是人生的理想，而是尋求生活方式的一個過程和手段」，作者只是希望孩子知道尋找人生方向的重要性，而且希望他們可以找到自己的人生方向，然後堅定地、或者實驗性地、或者不斷變換地走下去。

簡單的一個題目——我的志願，也可以寫出豐富的內容，從一般人都認同的社會價值——女生當老師，男生當醫師或律師，談到社會學者的期待「人的一生所有作為的意義，在於對於其他的人，是否也能產生對等的意義」，作者提供了「志願」這個平凡的題目一個不一樣的詮釋，只要把個人對志願的認識加以闡釋，並加入個人經驗，即使是普通的題目，也可以寫得具有可讀性喔。

福爾摩斯提問

1. 你的志願是什麼？請說說看。
2. 本文中的弟弟為什麼說「老師有男生嗎」，這句話突顯了什麼樣的社會現況？
3. 本文議論多過敘事，能不能用七何法找到七種元素？
4. 本文的結尾是福爾摩斯說的哪一種？

請進，九谷燒見學中

黃雅歆

因為搭錯了路線，在不知名的路口下車來，已遠離熱鬧的市集，但見附近散佈著寺廟清靜的院落。

天很陰，覺得就要下雨，但點點落下卻是結實的雪粒。

「我們得快走。」我催促著友人。

都說日本海沿岸的金澤市有小京都之稱，除了名園兼六園之外，與之抗衡的加賀友禪與陶器等等亦展現了高度文化。但昨日來到金澤的我們，也許是正逢隆冬的關係，加上星期三百貨店公休，只覺蕭條得緊，約莫只在站內商場找到豐饒與繽紛的景象。與京都的清水燒一樣，金澤的九谷燒亦富盛名。我因為喜歡觀賞陶瓷玻璃等器皿，所以便根據手冊前往著名的九谷光仙窯。

但如何也沒想到這九谷光仙窯竟處在十分僻靜的巷道內，從外表所見不過是兩三幢工廠似的灰暗建築。方才因走錯路而拖延了時間，以致現已置身大雪中的我們，原本熱切的心便逐漸冷卻下來。

在對面人家的停車場前稍作休息，拍掉身上的積雪，打不定主意是不是要進去。手冊說這光仙窯天天都有燒陶的示範見習，但在大雪中視線逐漸模糊的我們，實在看不出有任何人影活動的景象。

「是今日休息，還是手冊錯誤？」友人說。

我搖搖頭，一點也不明白。但愈來愈大的風雪使我們進退兩難。我看看天空與四周，整個巷道晦暗而安靜，如果把鏡頭拉開，世界只剩我們小小的身影，彷彿唱演歌的漂泊旅人在雪地裡踽踽獨行。於是我把圍巾緊緊箍住頭顱與臉頰，準備冒雪走向大門。「去看看吧。」我說。

門前有小小的火爐，而門扉緊閉。

「對不起。」我一面說，一面拉開木門，嘩嘩嘩。

裡頭有人，包括店主和客人，但異常安靜。所有的人都在空間狹小的展示間內輕聲的交談，店主抬頭對我們微微一笑，便又專注的與參觀者解說著。進屋前我原本感到羞澀的心情忽然被這樣「漠不關心」的對待釋放了，原來在我徘徊風雪中的當時，他們早就將風雪關在門外，隱身於九谷燒的溫暖世界中。

展示間樸實簡單，鐵架上擺著各式的陶瓷，並精細的分出精品與瑕疵品，價錢自然相差許多。單看瑕疵品是很難發現失誤的，與精品相較，才能看出也許是盤底有個小汙點，或者是瓶口稍稍傾斜等等，更顯精品的精細與嚴格。

幾分鐘後展示間裡的木門忽然打開，露出張純樸的臉，對我們兩個人說：「請進，九谷燒見學❶中。」

我嚇了一跳。不是因為手冊所寫是真的，而是，是誰通知他外面新來兩名客人呢？又，他們為隨時到訪的客人安排參觀見習嗎？

隨他走進木門更令人吃驚，全然沒料到展示間後有如此寬廣的空間，這時出現一名穿著制服的小姐伴隨我們，從九谷燒陶土的成分，揉搓的過程，以及師傅手藝的巧妙，一路解說著。老師傅自顧自地工作著，有時會頭也不抬的插嘴說明，語氣溫溫然。我看著他塑捏陶土的肥厚手指與專注的神情，連舉起相機的念頭都覺冒犯。接著我們被引至窯場，熱氣立刻迎面襲來，九谷燒就在這酷炙中接受淬煉。

最後再回到展示間，原來的客人已經離開，店主說了聲「請慢慢參觀」後就退居桌後，不再干擾我們。

再度站在展示架前，我忽然有點茫然，經過那樣悉心的引導與說明，是否應該買個東西表示「回饋」才能離開呢？但是瞄了瞄櫃檯，店主埋頭忙著記帳，沒有人在「監視」我，也沒有人跟在身旁「強迫推銷」，我不禁為自己的「小人之心」羞愧起來。

站在門口朝外望，看見天空被木製玻璃門劃成方格狀，雪花在方格中前仆後繼，盡情舞動著。正怔忡的此時，背後驀然一聲：「很冷啊，今天。」我回神返身，對著店主

❶見學：日本習用語，指參觀見習。

微笑的臉，應著：「是啊。」然後做一個再見的手勢。

準備離開時，我再度望了望那扇通往見學之旅的奇妙木門，便奔入大雪中。

「請慢走。」他說。

這時看九谷光仙窯依然如我先前所得的印象：灰暗、古舊，像冷清的工廠倉庫。但在雪地裡走著，卻彷彿發現前方有木門開啟，樸實的臉說著：「請進，九谷燒見學中。」腹中便有如窯場內的高溫大火，頓時燃遍了我的全身。

（原載《中央副刊》）

賞析

由於交通方便以及國人經濟能力的提升，不管是在臺灣或是出國，旅遊成為普遍的休閒活動，遊記也就像寫日記一樣，是經常會運用到的寫作型態，寫遊記最怕寫成旅遊指南，像是坐什麼車，坐幾個小時抵達目的地，然後有哪些景點等等，這些流水賬似的介紹文字，在網路上一搜尋，就有一大堆相似的內容，即便是旅遊達人，也不能如手冊、指南般詳盡，何況我們通常是走馬看花。所以旅遊點的詳盡資訊，不會是遊記的主要內容。

在觀光旅遊還不普及的年代，假設有機會去到撒哈拉沙漠、哥倫比亞大冰原、蒙古大草原，或是追逐到北極光的短暫身影，那麼這些寶貴的旅程當然可以鉅細靡遺地寫出來，可是若你去到了一個每年幾百萬觀光客的旅遊勝地，或者是跟著旅遊團的路徑來旅遊，那麼如何寫一篇不一樣的遊記，才能讓那人潮擁擠的街上，你的足跡清晰可見呢？

這篇文章作者去的也是觀光客會去的地方，因為「與京都的清水燒一樣，金澤的九谷燒亦富盛名。我因為喜歡觀賞陶瓷玻璃等器皿，所以便根據手冊前往著名的九谷光仙窯」，作者既然喜歡觀賞陶瓷玻璃等器皿，應該去過很多製陶燒瓷的地方，如果這篇遊記也是介紹九谷燒的特色，九谷燒和清水燒或者臺灣的水里蛇窯有何不同，這裡有哪些值得購買的土產，那麼每去一次窯場回來，所寫的遊記不都一樣嗎？

〈請進，九谷燒見學中〉從題目就別出心裁，見學是實習、學習、參觀的意思，既然是觀光名勝，為遊客導覽、解說本就是觀光的一環，但在本文中，安靜得讓人意外的展示間，每個人各司其位，示範的工人專注而詳盡的解說，以及並不強迫推銷，讓客人自主參觀等行為，九谷燒的店主、解說員、觀光客一起展現出專業的、成熟的觀光文化。就是這樣特別的經驗，讓作者沒有帶走任何一件九谷燒的紀念品，但卻帶走對這個地方難忘的回憶，如同作者最後說的，九谷光仙窯一如預期，從外表看是老舊、灰暗的倉庫，但是店裡樸實誠懇的接待方式，卻會讓旅人在風雪中感到莫大的溫暖。

每一次旅行，即使是同一個旅遊點，也會有不同的內容作為書寫題材，關鍵點就在於你在旅程中除了欣賞風景、遊玩之外，能否以一顆開放的心去觀察、去感受、去體驗身旁的人、事、物。

福爾摩斯提問

1. 本文的開頭是屬於哪一種開頭法？
2. 福爾摩斯說遊記最需要繪聲繪影，找找看本文哪些地方在繪聲繪影？
3. 寫遊記要不要加油添醋，你覺得福爾摩斯會怎麼說？
4. 在本文中作者為何沒有買任何一件九谷燒的紀念品呢？
5. 結尾時，作者身在大雪中，為何覺得溫暖呢？

相思炭

王盛弘

爺爺去世後，就再沒有人提著相思炭小火爐在前引路了。天還大黯，第一盞屋燈透過窗櫺在稻埕上映出一方方小格子，接著有低低的細碎的叫喚在各個角落響起，第二盞屋燈、第三盞屋燈接續亮起，誰也不願落了後，讓人譏他懶。

再爭先，也比不過爺爺，他戴上工作帽，穿鐵灰色襯衫、長褲，衣裳都是剛漿洗過的，乾乾淨淨，不如此無以表現內心的慎重，卻都是舊的，手肘、膝蓋有幾張補丁，這樣，待會兒勞動時，不怕髒，才不會礙手腳。

爺爺蹲在稻埕中央，月光為他打第一道光，生出第一隻影子，四周家燈再為他補光，讓他印堂發亮、鼻尖生輝，皺紋阡陌一一被撫平；他擊碎相思炭，撕一張舊報紙餵進火爐子裡，劃一根火柴，爐裡先冒出一縷白煙，火光隨即轟然，不久，又隱去，爺爺呼呼吹兩口氣，炭就點著了，在爐裡睜著星星點點的紅光。

爺爺生爐火的本事這樣行。這樣行的生爐火的爺爺的本事，後來只用來為他自己熬中藥，這時爺爺卻不得不認輸，他眨巴著一雙迷離的眼，說，不行了，老了，連火也生不起來了。

稻埕上，男人拿來的鋤頭、圓鍬、鐮刀，全集中在一塊兒，看來是要起義的模樣，女人提籮和扁擔，籮裡裝一陶碗又一陶碗的乾貨，白煮蛋、小芋頭、白飯……爺爺就站在他的火爐旁點名，先點各房家長，再由各家回報，孕婦不必同行，學齡前的小孩留在家中，奶奶過世前由她看顧，奶奶過世後，由爺爺指派婦人留守。睡懶覺的，「去叫起來，做人父母，莫過分愛寵。」

出發了，男人拿起鋤和鍬，小孩握鐮刀，女人單肩挑籮，爺爺則提著他的小火爐，在前引路，很有默契地，腳步或快或慢，沒人超過爺爺走到最前頭。

一年沒有上墳，野草太猖獗，農家改了水道，四界又多出許多新墳，每年清明都要走一趟的墳地，一看之下，眼生得很，大家憑著記憶指東指西，年輕力壯的男人權充斥堠❶，四處探看，找著了，才發現原來添了左鄰右舍，頂上有了新住戶，把舊墳擠到地下室裡去。眾人繞墳前行，小孩是猴，東闖西竄沒半點規矩，母親們出言制止，別踩著人家的墳頭往前吶。

墳上的野草要除，墳前的院亭要清，墓碑歪了要扶正，小土地公早已傾頹，撿一塊磚、搬一個石頭，也就算是有模有樣了。大致理出個眉清目秀，就「掛」墓紙，先捏團泥巴把墓紙鎮在碑上，再在土墳上一列列紮進像插秧。

❶斥堠：指軍隊裡派出偵查敵情的人。堠，音ㄏㄡˋ，探望敵情的土堡。

新墳要祭拜，炷香點上遞給爺爺，他喃喃地說起話，那嘴角、那眼神，不像祈願，倒像兩個男人之間的義氣：此事說了就算，莫要反悔。拜祭完畢，燃起鞭炮，早有一長排男孩等在墳前了，他們在「揖墓粿❷」，本來施給的都是糕粿之類的食物，後來，每見施以糕粿，人龍一時便都散去，他們要的是現金，一元銅幣、五元鎳幣後來也不能滿足，十元鎳幣甚至紙鈔才讓他們覺得值得花時間排隊。爺爺並不鼓勵也不反對我們去「應」別人家的墓粿，但是明言，既已排隊，則不能拒絕人家的任何贈與，不管是錢幣或是糕粿。

墳地整理好，已近中午，回轉家，各房將熟食端到廳堂大圓桌，招待遠地返家掃墓的親戚，男人主桌、女人旁桌，小孩子添飯撿菜後隨人四散吃將去。

爺爺去世後，不只小孩，大人也都四散，不再有人在前提著一小火爐相思炭，藉著一點星星之火把大家攏聚在一塊兒。墓還是掃，各掃各的，兩兩三三。……莫說整個時代都隨爺爺的去世而逝去，就算爺爺不走，時代的腳步也是挽留不住的。

---

❷揖墓粿：臺灣民間習俗，掃墓的人把祭畢的紅龜粿、麵粿等分給附近的小孩。若墓粿不夠分發，就以硬幣代替，意思是請住在墓地附近的孩童，幫忙看管墓地。

賞析

這篇文章是寫一個可能會漸漸消失的習俗，就是清明家族掃墓儀式，家裡若有堅持習俗的長輩，還可能每年行禮如儀，等到長者逐漸凋零，如何進行傳統的掃墓儀式，恐怕只有從作者的文字描述中去認識了。這文章的內涵有三個層次，表面上看起來是敘述清明掃墓如何進行這件事，其次是在寫這個堅持要行禮如儀的長輩爺爺，最深一層的意涵卻是在哀悼一個時代的消逝，就像作者最後說的，「莫說整個時代都隨爺爺的去世而逝去，就算爺爺不走，時代的腳步也是挽留不住的」，短短一千多字的文章，可以表現這麼多深刻的思考，這是值得學習的。

文章雖然不長，但因為焦點很集中，只寫掃墓這件事，所以反而可以很仔細地去描述一些細節，我們看作者寫爺爺生爐火的部分寫得多麼真實，天還很黑的大清早，說是深夜也不為過，勤勞的鄉下人開始起來作息了，於是一間間屋子開始有燈光亮起，不過誰也早不過爺爺，爺爺早就穿著整齊，蹲在大稻埕，敲碎相思炭，撕舊報紙引火，呼呼吹兩口氣，「炭就點著了，在爐裡睜著星星點點的紅光」。

還有爺爺點名那一段也很生動，「爺爺就站在他的火爐旁點名，先點各房家長，再由各家回報，孕婦不必同行，學齡前的小孩留在家中，奶奶過世前由她看顧，奶奶過世後，由爺爺指派婦人留守。睡懶覺的，『去叫起來，做人父母，莫過分愛寵。』」細節描繪要仔細而不囉嗦，按部就班而不流於記流水賬，如果你也記得祭祖、掃墓、拜拜這些隨著一年一年長大而慢慢變化了的事，試著耐著性子，把它們寫下來吧。

福爾摩斯提問

1. 這個故事的「七何法」是什麼？寫得完整嗎？
2. 本文作者細節描繪得很仔細，他是不是用了福爾摩斯的「繪聲繪影」？
3. 你記憶中或所知道的清明掃墓是什麼樣子？和作者經歷的有什麼不同？
4. 那火爐中的炭為什麼叫相思炭？
5. 本文的開頭和結尾有沒有相互呼應？

土牛國小停電記

史玉琪

一年半過去了，石岡鎮上因為地震而隆起的土丘，幾乎沒有什麼改變，鎮上原本全倒的房子恢復了大半，孩子們對於房屋全倒那晚的記憶，已經淡得差不多了。位於石岡的土牛國小，大震中教室全倒，只剩下一棟綜合教室，學校在原址重建期間，學生被安置在組合屋上課，綜合教室被當做教師辦公室，而地下室則堆滿了成堆的課桌椅、教具等雜物。

當「藍天教室」來到土牛國小，校方左挪右移，在地下室清出了一片空地，這裡，是「藍天教室」在重建區唯一一處地下室上課的地方。

開學沒多久，有一天，兩位雲門老師和一位雲門的輔導老師一起帶著一年級新生，進入地下室的臨時教室上「生活律動」課，小朋友的班導師，因為臨時有事去處理，不在教室裡。課程才開始不到十分鐘，毫無預警的，停電了。

因為地下室的關係，教室頓時陷入黑暗；因為還有恐怖的記憶殘留，孩子們驚慌失措的大聲尖叫；地下室的四周原本就堆滿了雜物，孩子們的尖叫與衝撞非常危險，而出入口只有一個，必須經過一排架子，登上樓梯，萬一大家搶著衝出去，情況只怕更糟。

怎麼辦！怎麼辦！

雲門老師喊破了喉嚨，也沒辦法安撫孩子，讓他們別尖叫、別衝撞。而且突然陷入漆黑中的孩子，只要有一個人尖叫，立刻就會有一群跟著尖叫。

「啊！聽到老師拍手了嗎？」雲門老師一致的、穩定的，雙手用力拍擊，打著不疾不徐的拍子（轉移孩子的注意力）。

「聽到老師拍手的人，請你跟著一起拍！」老師這樣說。有些孩子慢慢循聲靠近老師身邊，並且跟著打起拍子（大人不驚慌，孩子也會穩定下來）。

「請你一邊打拍子，一邊伸出手搭住前面人的肩膀。」黑暗中，一條隊伍，摸摸索索的在成形（以穩定的節奏，幫助注意力持續）。

「現在，老師是火車頭，要帶著大家走上樓梯！」孩子們一聽到要移動，隊伍又有些散開了。帶頭的老師放慢步伐，繼續打著拍子，而標立在樓梯口的老師，則鼓勵小朋友別讓「火車」散開；守在隊伍最後端的老師，則不斷安慰後面的小朋友，告訴他們安全走出教室後，會有surprise！

重回陽光下，孩子們立刻歡呼四起，雀躍不已，雲門老師則突然一陣腿軟，紛紛跌坐在地上喘氣。班級導師遠遠跑過來，臉色發白，顯然也經歷了一陣驚恐，努力的點算人數。

那堂課，後來並沒有繼續。原來，學校因為施工，又加上大會舞的排練，電力吃緊，不知哪裡跳電，使得全校頓失電源。

「老師，還要上課嗎？」孩子走近雲門老師身邊這樣問。

「還有將近二十分鐘的時間，我們今天要上的課就是曬曬太陽、看看藍天！」雙腿還在發抖的老師這樣說。

「老師，那你剛才說會有surprise的禮物，是什麼？」有個孩子問。

雲門老師開始學小丑走路，在胸前比劃了一下禱告的模樣，抬眼看著天。

（摘自《我在藍天下，跳舞》）

賞析

停電是很多小孩都有的共同經驗，大部分的孩子都很喜歡停電，因為停電意味著可以停下原來正在做的事，本來在上課，現在不必上課了；本來爸爸正在訓話，一停電他就忙著找手電筒、蠟燭，沒空再罵人了；本來正愁沒有好看的電視節目，現在至少可以玩手影遊戲。轉換本身就是驚喜，所以停電帶來的大多是喜悅的記憶。但是有一次大停電，因為有很多人傷亡，對那些承受災難的人來說，停電讓他們想起悲傷的往事，那就是發生在一九九九年九月廿一日的臺灣中部百年大地震。

那次地震造成二千多人死亡，八千多人受傷，數千棟建築物倒塌，中部許多受創嚴重的鄉鎮有許多校園要重建，有許多失去親人、住家的學童需要學業以及心理的輔導，當然也有很多人伸出溫暖的手來協助重建工作，雲門舞蹈教室的「藍天計畫」就是其中一個。這篇文章敘述雲門舞蹈教室的老師們，在臺中縣石岡鎮土牛國小和學童們進行課程，當時在地下室，四周有許多雜物，經歷過地震的孩童對停電的不愉快記憶猶深，突然遇到停電，萬一孩子們因為驚慌而搶著衝到出口，可能會是另一次災難，而雲門的老師們，臨危不亂，利用舞蹈的訓練，以打拍子的聲音引導學童重回陽光下，順利解除危機。

這篇文章說的是很簡單的事情，不過是一次停電，大白天的停電，只是這次停電加入了九二一地震的因素，加入了在地下室伸手不見五指，而且加入了驚慌失措、人數眾多的小學生，就讓這次停電有了不一樣的內容，作者用平鋪直述的方式，娓娓道來「土牛國小停電記」，文字平淡但節奏緊湊，當孩童們都平安地從黑暗的地下室回到陽光下時，讀者不禁也和幾位嚇得腿發軟的雲門老師一樣「在胸前比劃了一下禱告的模樣，抬頭看著天」。

我們日常生活中也有一些很普通、微不足道的生活經驗，這時就要去發掘這些普通經驗的不尋常的因素，譬如說陪媽媽逛街購物，本來是很普通的事，如果加入購物這天是個特別日子，或者要去購買特定原因的物品，那就可以使你的文章變得特別了。

福爾摩斯提問

1. 停電時，你通常怎麼打發時間？九二一大停電發生時，你正在做什麼？
2. 如果你是文章中的雲門舞蹈老師，你會如何處理當時的情況？
3. 本文中的人，事，時，地等七個元素是什麼？說說看。
4. 試用福爾摩斯的方法，找出本文四大段落。
5. 本文結束時，那位老師為何要抬頭看天？

嗚哩嗚哩哇

康芸薇

我家住平房的時候餵了一隻小黃狗，牠常在安靜得連樹葉也不搖動的夜晚，突然吠叫起來，令人毛髮聳然。據說狗和不會說話的嬰孩，可以看見天地之間的異靈。

我常在丈夫和兒女都入睡了的晚間坐在客廳打毛衣，我喜歡夜靜無人之際一面編織，一面思考。在白天我感到自己不是自己，又是太太，又是母親，一個人有多種身分使我有點招架不住。譬如：我忙完了一天，上床睡覺的時候，我的臉多半是朝向睡在我右手的女兒，我覺得小女孩比小男孩可愛，同小女孩講話也比同小男孩講話有趣。但是，兒子會用手扳我的身體，聲音急躁地對我說：

「媽媽，看我啦！」

為了公平、不偏心，我只有仰著臉睡。那一段時期我常患中耳炎，不知道是什麼原因，中耳炎跳痛起來會令人絕望。我去看醫生，醫生對我說易患中耳炎的人不可以仰著睡，仰著睡會使鼻腔中的分泌物滑入耳內引起發炎。這些事發生在其他婦女身上，都是芝麻小事；發生在我身上，就是麻煩。在我必須側著身睡的時候，我不知道該面對女兒還是兒子；女兒小，比較白，也比較伶俐，我與丈夫都喜歡女兒一些。然而，當我對兒子說：「妹妹小。」臉朝著女兒的時候，女兒鬼靈精地望著我，搗著嘴笑，讓我感到背後的兒子因為失望，小臉變得更黑而覺得自己殘忍。

我常常在沉思之中，丈夫一覺醒來，見客廳的燈仍然亮著，他就嘀咕：「該睡的時候不睡，該起來的時候不起來。現在滿街都是毛衣，又便宜、又漂亮，誰要你花那麼多時間去打那種東西。淨做不急之務！」

我不講話，因為爭執也沒有用，他不會懂得思考對我的重要。深夜裡我一個人靜靜坐在那裡編織，讓我感到白天那個分裂的自己又在我體內集中，看到手上的毛衣逐漸成形，我想起童年家鄉那些手持女紅婦女臉上的嫺靜。我一生最大的滿足，也就是在桃李無言、悠悠的歲月中做一個手持女紅的女子。

為了這點滿足，我一個人常坐在安靜得連樹葉也不搖動的夜裡編織。突然聽到小黃令人毛髮聳然的吠叫，我不知道牠看到了什麼。我沒有聽到任何腳步聲從門口經過，我也不覺得害怕，當一個人確定自己是自己的時候，大概都很篤定。

有天晚上小黃出去夜遊，我坐在那裡專心編織毛衣，門外沒有任何聲響，但是，我可以感覺到門外有一個東西。我放下手中的毛衣，眼睛盯著門看，有一隻小老鼠從門縫下面鑽了進來。牠大概沒有想到會有人坐在那裡，站在客廳中央不動，讓我可以清楚看到牠尖嘴巴上的鬍鬚。我們兩個都不知道如何是好地對望了一會兒，我腦子裡忽然閃過一個意念，我立即站在沙發上，把通往餐廳的門關好。我想如果這位不速之客不知道從進來的地方出去，牠活動的空間也只局限於客廳之中。否則牠到處亂闖，後果不堪設想。

這位不速之客彷彿看透了我的心事，牠等我關好餐廳的門坐下之後，像名角登場一樣，急速而神氣地在客廳跑了一圈，就從進來的地方出去了，讓我感到自己用小人之心測君子之腹，坐在那裡傻了臉。

小黃這時候回來了，牠追著小老鼠不停叫。我不知道牠常在靜悄悄的夜晚突然吠叫起來，是否因為看到老鼠的緣故。我想到「狗拿耗子多管閒事」這句話，原來真有其事。

以後我在晚間打毛衣，都會先把客廳通往餐廳的門關好，以免突然鑽進來一隻小老鼠我措手不及。我不知道每次從門外鑽進來的老鼠是否同樣一隻，總之，我見了牠不再大驚小怪，牠見了我也不會驚慌，每次牠都在客廳跑一圈就出去了。

我不知道有沒有老鼠和我們同居一室，我不曾發現被咬壞的東西，那個我常在夜晚看見的小老鼠，因為鑽進來之後會自己出去，我對牠逐漸放心。甚至想每個人都有屬於自己的生肖，我屬鼠，那個小老鼠說不定是特意來看望我呢！

這個意念使我心中泛起無限的喜悅，想到小時候坐在我祖母的膝上，她的兩隻手拉著我的兩隻手，像拉鋸一般，她一面一拉一放，一面教我念：

「小老鼠，爬燈台，偷油吃，下不來。叫媽媽，媽媽不來，嘰哩咕嚕滾下來！」

她念到「嘰哩咕嚕滾下來」的時候，兩手停止拉動，等我在她懷裡笑夠了，再重新開始。

到了年三十晚上，全家人都在守歲，我祖母見我眼皮下垂就逗我：

「不要睡喲！今天晚上老鼠嫁姑娘，你睡著了就看不到了。」

我努力睜眼睛，但是，只聞到空氣中充滿了炸肉丸的香氣，等我再張開眼睛，天已經大亮了。

我問我祖母昨天晚上有沒有看到老鼠嫁姑娘，她說：「有。半夜裡忽然聽到一陣吹吹打打，然後從牆根來了一群老鼠，張燈結彩，好熱鬧啊！」

「你怎麼不叫我！」

我祖母好像沒有看到我臉上的失望，她說：「叫了。可是，你都不起來。」她見我難過得快要哭了，連忙說：「不行哭噢！今天你又大了一歲。」

我不知道又大了一歲對我有多少好處，然而，聽到祖母說我又大了一歲，我就忍住不哭了。這些往事不管什麼時候想起來，都讓人感到無限溫馨。

天亮孩子們起床之後，我把他們抱在膝上，學祖母一樣教他們念：「小老鼠，爬燈台，偷油吃，下不來。——」等我念到「嘰哩咕嚕滾下來」，他們就在我懷裡笑成一團。

我又教他們唱：「老鼠家裡嫁姑娘，嫁給男生黃鼠狼，嗚哩嗚哩哇、嗚哩嗚哩哇——」他們笑得更開心了。

我不知道為什麼十二生肖會以小老鼠居首，看到孩子們那樣高興，我感到我們中國人真是博大和智慧！對一個同居一室、深受其害的敵人，用這樣一個方式接受了牠。

（摘自《我帶你遊山玩水》）

賞析

我們都還記得怎麼唱那首童謠，「小老鼠，上燈台，偷吃油，下不來，叫媽媽，媽不來，嘰哩咕嚕滾下來……」，也許有一、兩個字不太一樣，但是那個貪吃的小老鼠滾下燈臺的畫面卻是一樣鮮明。我們現在還記得，不曉得以後會不會記得，至少我們知道，作者到了當媽媽的年紀，她還記得她祖母抱著她唱這首兒歌的情景，祖母還告訴她另一個民間故事，年三十晚上，老鼠娶新娘，只有忍著睡意守歲的乖小孩才看得到喔。

這篇文章是一個女人的心情寫照，寫一個做母親的要不偏不倚仰著睡，因為右邊是女兒，左邊是兒子，母親要公平，如果她朝著女兒，就會想到背後兒子失望的神色，而這些都是一個女人扮演太太、媽媽角色的時候，作者喜歡等家人都睡了，一個人坐在客廳裡編織和思考，只有這個時候，她覺得分裂的自己又回來了，她一生中最大的滿足就是像這樣，在桃李無言、悠悠的歲月中做一個手持女紅的女子。

在作者最滿足的時刻中，有一隻小老鼠會跑進來轉一圈又出去，家狗小黃追著牠叫，有時牠靜靜進來轉一圈又靜靜出去，作者還想像，那隻小老鼠說不定是特意來看望她的呢。回憶完了往事，天亮孩子起來，那個早年被祖母抱在膝上的小女孩，現在是母親了，她抱著她的孩子，學她祖母一樣教孩子唸：「老鼠家裡嫁姑娘，嫁給男生黃鼠狼，嗚哩嗚哩哇、嗚哩嗚哩哇——」

往事常常都是我們寫作文時會用得上的材料，而如何讓往事成為取之不盡的寫作題材，保持一顆赤子之心是必要的條件，像這篇文章的作者已經是婆婆媽媽級了，卻仍然從好奇的、童趣的視角去看世界。這篇文章從現實到往事，再到現實，回憶與當下輪番出現，讓整篇文章一下子是想靜靜編織和思考的母親，一下子是坐在祖母膝上的小女孩，就像作者說的，這些回憶不管什麼時候想起來，都讓人感到無限溫馨。我們每個人都有往事，都有回憶，把一些溫馨的往事從記憶裡挖掘出來，再和現實生活對照，補充一下當時自己的想法與心情，就是一篇內容豐富的好文章了。

福爾摩斯提問

1. 你記憶中會唱的兒歌，有沒有一個故事在歌中？請說說看。

2. 作者和那隻小老鼠如何相遇，後來又怎麼啦？請用你的話說說看。
3. 本文中有沒有「繪聲繪影」，「加油添醋」？
4. 本文作者為什麼喜歡一個人在夜裡編織？
5. 福爾摩斯的四大段落在本文中似乎不太明顯，你覺得呢？

被一隻狗撿到

劉靜娟

兒子說：「我又被一隻狗撿到了。」我「哦」一聲，一點也不意外；不到一年之間，已聽了幾次這類話。只是這回他把人與狗的主受格顛倒過來而已。

這樣的說法讓我回想到「遙遠的」年代，他讀小學一年級時，老師為了挑選參加全市小朋友注音比賽的選手，從班上選出六名，經過加強訓練後，又數次測驗篩選。憨傻的他沒有什麼勝敗觀念，每次有人被淘汰出局，都天真地說誰被老師「選」回去了。最後其他同學都被「選」回去，「留」下了他去參加比賽。

好吧，就算這回是他被狗撿到的，是怎麼撿的？

他說他在郵局外面看到一隻秋田流浪狗，對牠招招手，牠走過來。後來他從郵局出來時，卻看到小狗篤定地坐在他的摩托車上。趕牠，牠不走；「只好」載牠回住處。

「大門一開，牠一點也不猶豫疑懼，就進去了，認定這就是牠的家了。」

我說：「這算什麼你被牠撿到，是你先向牠招手的嘛。」說被牠「電」到還差不多。

「不是每個人都可以招得動狗的，也不是每條狗都會不死心地跟著人的。狗很聰明，牠知道什麼樣的人才可以跟，才可以依靠。」

「當然，你那麼愛狗，身上有『狗味』，牠當然放心跟你。」

「對。」

僅此一端，也表示狗的確聰明，識「相」。我沒那麼愛狗，就算有狗跟隨我，走一段後總會明智地回頭或停住。

我這回又例行地嘆兩口氣，說他太閒，不在學業上用心，養狗談狗倒花了不少大好光陰。他自顧自說著那狗只是有點皮膚病，已帶牠去看過醫生；牠不是純種，如果是純的可以長這麼大，現在牠大約兩個月，有這麼大。

看他認真比畫著，我問他那麼他們現在養有幾隻？三隻，學弟養一隻。他原來的那隻土狗已養了幾個月，全身黑，四足白。這種狗人家迷信不吉、不肯養；所以他特地、更要撿回去愛，現在已給他照顧得毛色發亮雙眼有神。人家問他那狗是純種的嗎？他便說是的，既沒有貓也沒有豬的血統。他不喜歡出身名門的狗，「那種狗純做人的寵物，已失去了狗的個性。」有一天我和同學聊天，談到兒子養這麼一條狗，同學的女兒高興地說她撿來的狗也是「穿白襪」的，撿牠的理由正好和我兒子的一樣。這女孩已在美國得到碩士學位，在台北一家大公司上班，聰明有主見。新人類這種悲天憫「狗」的、反迷信的想法倒是頗使我尊敬、感動的。

兒子那黑狗原取名為默默，默，黑犬也。但牠太安靜，幾乎不吠，兒子恐牠成了啞狗，改叫牠「嘿嘿」，希望牠有時張張口。

兒子賃居在學校附近，常帶「嘿嘿」去河堤邊散步，讓牠撒腿在那兒奔跑。牠快樂，他也覺得這種悠閒的自然風味的生活非常好。我則說他好像過退休生活。

這不是他養的僅有的兩條，之前他養了一條大麥町。

「就是卡通一〇一忠狗的那一種。」他說小狗的父親不知是什麼品種，但母狗是大麥町。那隻流浪狗生了一窩五隻，四隻有人要，一隻他留下來。長得很漂亮，不是白底黑斑點，是以黑為主。有一天他帶牠出去散步，迎面一個人著迷地看著牠，說牠是一條好狗，可不可以割愛？他不肯。過後不久他回家，坐在餐桌前卻忽然心事重重地嘆了一口大氣。我問他怎麼一回事？碰到什麼挫折了？他說：「小狗送給那人了。」我和他爸爸面面相覷，什麼跟什麼嘛。「本來是要忙一件事，才把狗送人，誰知那件事不需要我插手了。白白送掉了一條好狗，越想越火。」

後來想去要回那條小大麥町，人家卻說已送到鄉下了。

他還養過一條什麼名犬，是狗主不想養，託獸醫幫他物色愛狗會養狗的「好人家」，獸醫推荐給了他們。幸好養不了多久，狗主人要了回去。這「幸好」是我說的。

我揶揄他：「你養狗養出名氣來了。」

他頗以為然，說但凡做一件事，就很認真去做（哦？讀書好像不包括在內），現在對狗他已非常懂，所以他的狗都非常聰明非常乖，一下子就可以訓練牠們大小便。我不知是他有慧眼，撿來的狗都是好狗，還是狗給他帶就變聰明變乖？當他說每隻狗都很聰明很乖時，口氣就像一個慈祥得意的母親在說她的兒女。

電視上如果有狗出現，他會叫我趕快過來看。報上登著在台培育成功的十隻第一代拉布拉多犬即將到義工家庭接受導盲犬訓練的消息，他付予很大的關注；要不是資格不符——必須花很多時間給狗兒做居家訓練、導盲鞍訓練等等，他大概想去應徵做義工了。

每聽他談狗，就覺得他變小了，是多年前那個要求養狗卻被媽媽以住公寓不宜為由拒絕的孩子。可又覺得到底已長大，講話成熟平穩。如果尚在青少年時期，甚至更小，如此愛狗，談起狗時不知要多眉飛色舞多瘋狂呢。高中聯考前他很喜歡聽排行榜國語流行歌曲，不准他一耗兩個小時在電視機前，他便耍寶：「好，我不看電視，你幫我看，看到某某時再叫我。」

現在呢，我不能不准他養狗。他說養狗花不了多少錢；食物所費有限，預防針每年只要打一次。我倒是不能不問他論文開始寫了沒？還沒。他回答得一點也不心虛。不曉得他可不可以改個論文題目？比方「二十世紀台灣流浪狗與人類關係之研究」？那他一定可以寫得得心應手。這念頭似曾相識，嗯，他和弟弟先後考大學時，我都曾希望聯考題目以西洋熱門音樂為主。

（摘自《被一隻狗撿到》）

賞析

被一隻狗撿到?不對吧,應該說撿到一隻狗吧,我們都知道作者真正的意思,但句子這樣倒過來,文字的趣味就出來了,而且這樣說話可不是做媽媽的自己發明的,而是她的孩子這麼說,「其他同學都被『選』回去,『留』下了他去參加比賽」,在孩子的語彙裡的主詞受詞是可以調來調去的。

這篇文章用媽媽的語氣講孩子與狗的故事,這個愛被狗撿到的孩子養過好幾隻狗,有時是在路上被流浪狗看中,他招招手,小狗就跟著他,認定他是新主人;有時是孩子養狗養出名聲,狗主不想養的,託獸醫幫忙物色愛狗會養狗的「好人家」,獸醫推荐來的。

作者在敘述孩子養狗的過程,表面上是敘述孩子養狗的歷史,同時,卻也是一個媽媽在回顧孩子的成長,「每聽他談狗,就覺得他變小了」,是多年前那個要求養狗卻被媽媽以住公寓不宜為由拒絕的孩子」,現在孩子長大了,養狗又花費不多,沒理由不答應,可是做媽媽的總是認為孩子的人生有比養狗更重要的事,像是高中聯考、學位論文等,母子的價值觀大相逕庭,於是作者只好自我嘲諷,「不曉得他可不可以改個論文題目?比方『二十世紀台灣流浪狗與人類關係之研究』?那他一定可以寫得得心應手。」

作者用幽默風趣的方式寫親子關係,似乎不必媽媽成天跟在後頭嘮嘮叨叨唸著去看書，孩子也會一路順順當當，只不過無論如何，母親對孩子的關愛是不會減損的，所以即使文章中並未出現母親對孩子如何深切期待的文句，但像這樣的句子，「他和弟弟先後考大學時，我都曾希望聯考題目以西洋熱門音樂為主」，不就流露出望子成龍的心意嗎？

這篇文章最特別的地方在於作者一些獨特的用字遣詞，除了前面說的「被狗撿到」，還有「幸好」（從媽媽的角度看才是幸好）、狗的確識「相」、被牠「電」到、悲天憫「狗」等等，更有趣的是文章裡的狗好像很有「狗」性，知道人在跟牠招手，篤定地坐在人的摩托車上，大門一開，牠一點也不猶豫疑懼，就進去了，認定這就是牠的家了。這可不是擬人化，文章裡的狗還是狗，人還是人，其實只是把人的想法加到動物身上，把動物想的和人一樣，透過這樣一個想像力的轉換，故事是不是有趣多了？

福爾摩斯提問

1. 作者的孩子的說話方式有什麼奇特？他為什麼要這樣說？
2. 這篇文章到底是要寫孩子的養狗經，還是作者的媽媽經，你覺得呢？
3. 福爾摩斯說的「加油添醋」和作者的趣味文字意思一樣嗎？效果如何呢？
4. 本文的開頭和結尾，福爾摩斯會怎麼說？